嘉薰醫生之血細胞麥高飛

陳嘉薰 著

感謝創造主

感謝我的父母、妻子

讓我成為

一個意想不到的人

嘉薰醫生之血細胞麥高飛
作者／陳嘉薰
總編輯／馬鎮梅
責任編輯／黎美霞　楊碧瑤
美術設計／劉碧雲
出版發行／突破出版社
香港沙田亞公角山路33號突破青年村
電話：2632 0000　傳真：2632 0388
電郵：breakthrough@breakthrough.org.hk
網址：http://www.breakthrough.org.hk
http://www.btproduct.com
承印／陽光印刷製本廠
2002年10月初版1刷
2004年8月2版1刷
2009年5月2版2刷

Body Adventure
by Gavin Chan
First Printing, First Edition, October 2002
First Printing, Second Edition, August 2004
Second Printing, Second Edition, May 2009

ISBN 978-962-264-747-3

誠邀閣下就突破出版社的書籍發表意見。請登上www.btproduct.com/book，在「讀者回應卡」頁面內填寫。謝謝。

每一個
年輕人都應當
乘着夢想的
翅膀出航。
飛翔專號

目錄

出境
莫回頭關

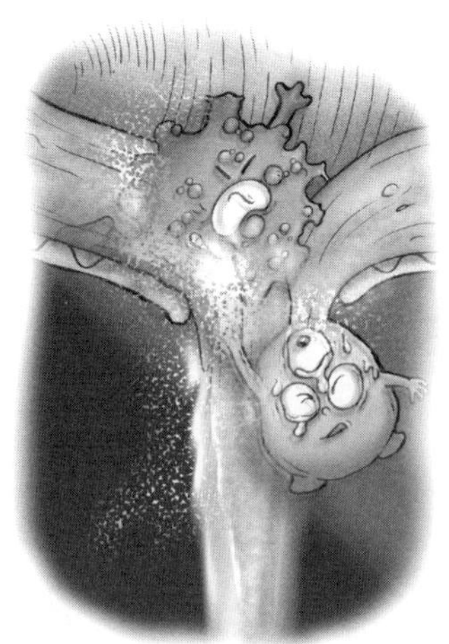

吹氣！

好痛呀！
好痛呀！求求你，
別再踢我！

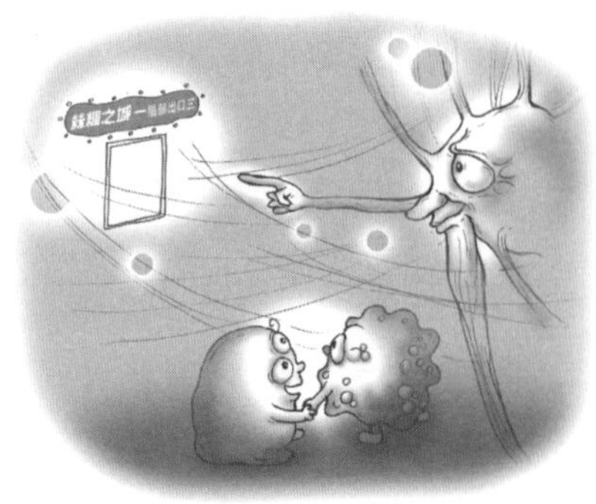

生養之地

1 嚇人的臉孔

麥高飛常常想，如果世上真的有位全能的仙人，可以讓他改變一件事，他會毫不考慮，希望變掉這張臉。

高飛今天又坐在湖邊，一個人靜靜地，對着汪汪湖水。湖面澄明如鏡，可以清楚照出濯在水中的雙腳。他緩緩地把身體向前傾，默默地期待着什麼，在戰戰兢兢中，讓自己的倒影映照在湖上。

高飛不喜歡孤獨，獨來獨往的滋味並不好受；高飛沒有朋友，因為他長着一張可怕的臉。

高飛滿身疙瘩，一塊一塊的瘡疤，遍佈臉上，輪廓顯得凹凸不平。如果說密密麻麻的暗瘡像火山的熔岩，高飛的皮膚便叫人聯想到嶙峋的怪石。他的眼睛像腰果，眉粗眼小，兇神惡煞的，不知嚇壞了多少同學，連高飛自己也很難接受這副模樣。還記得頭一回在湖水看見自己的影子，也不由目瞪口呆起來，暗想：這副兇相，怎麼見人呢？

更要命的是，高飛的皮膚好粗糙，黏巴巴的，教人摸上去怪不好受。好幾次高飛主動要跟朋友握手，對方眉頭一皺，別過臉去，像遇見什麼怪物似的，弄得高飛非常尷尬，心裏好不委屈。自此，他就把自己封閉起來——畢竟沒有多少同學希罕他。

高飛的樣子是一根刺，扎進心裏，叫他好不痛

苦；連他也厭惡自己，還可以對別人期望什麼呢？高飛已記不起上一次對着湖中倒影，是什麼時侯了。今天，他說服了自己，鼓起勇氣，與這裏的一切告別前，看看自己有沒有什麼改變。

高飛做了許多準備工夫——先合上眼，默默祈禱，深深吸一口氣，然後慢慢把身體俯前——他多麼希望再睜開眼睛時，湖面會告訴他一段醜小鴨蛻變成天鵝的故事。

天啊，為……為什麼？為什麼還是這樣？! 這是一張怎麼樣的臉？好醜啊！湖水冷冷的，再一次粉碎了高飛的心願。他仰頭看天，一顆心掉進失望的深淵裏去。

高飛把學校必修的課程都念完了，明天便要參加畢業典禮；跟其他億億萬萬血球細胞一樣，快要離開這生養之地。血球細胞一直在骨髓裏裝備自己；成熟了，便得離開，到外面的世界闖蕩。高飛知道不可以再自我封閉，卻要開拓生活圈子，開始那六萬哩的漫長旅程，跟人體二百多種細胞打交道。不過，想到自己孤苦零丁，孑然一身，他的心就不能平靜下來。

高飛愣愣地坐在湖邊，想着想着，心裏滿是鬱結。他把臉龐藏在膝間，身體禁不住顫抖抽搐，一眨眼，淚珠不由自主地滾下來。偌大的湖區傳來陣陣嗚咽，高飛的淚水，從雙腿間流向湖裏，一圈一圈的漣漪泛開來，愈泛愈遠……

2 美麗的邂逅

「啪、啪……」禮堂傳來陣陣掌聲，一個一個獎項頒發過了，高飛躲在門外，正猶豫要不要進去。

「『進步獎』第三名，六十三班，紅血球韋寶珊。」又是一陣鼓掌聲，數以億計的細胞，把禮堂擠得滿滿的，座無虛席。這裏每天都舉行畢業禮，席上

都坐滿大大小小不同種類、形態的血球細胞。之後，他們便會浩浩蕩蕩踏上征途，各展所長。

看，這些細胞每個都躊躇滿志，精神抖擻。經過多天辛苦的學習，終於畢業了、長大了，可以到外面闖闖；但前面的路，可會是什麼模樣？

高飛呢，他可不願意出席這種場合。如果你的樣子像他，想也會躲到最陰暗、最不容易讓人發現的角落裏去。不光一次，高飛在公眾場合一坐下來，身旁的細胞便退得老遠的，彷彿他害了什麼傳染病。高飛心裏很不是味兒。他生下來就是這副模樣，沒害過什麼痳瘋病或傳染病。這段日子，他只希望找到一個同伴，可這是多麼奢侈的願望啊！

還是不要進去。看，他們都興高采烈，坐在領獎席上，這不是很好嗎？為什麼要掃人家的興？濃濃的自卑感籠罩着高飛，阻止他走上前去。他隔着玻璃，默默地看着那空座位。還差幾個便輪到自己了！看上台領獎的細胞都笑容可掬，神氣得很！

別怕，上前坐下去吧！這個獎項是你努力得來的呀！另一把聲音鼓勵着他。高飛深深吸了一口氣；但心裏另有一股強大的阻力，叫他矛盾不已：人家的眼神，還受不夠嗎？自討沒趣啊！算了，走吧。

高飛的目光再停在空座位上，好像還有一點依依；但一轉念，卻又狠心地把自己的慾望抑壓下去。

高飛正要離開……

「請問，請問，你叫麥高飛嗎？」背後忽然傳來一把清脆的聲音，靦靦覥覥，嚇了高飛一跳。回頭一看，說話的是一個比自己略小的三眼細胞。

這個三眼細胞盯着高飛的臉孔，心裏一怔，頓了頓，說：「請問……你就是麥高飛麼？」

「是的。你是……」高飛見三眼細胞微微往後退，暗忖：唉，又嚇壞人了。

這時，只見三眼細胞眼睛發亮，難掩心中的喜悅，「真的是你，麥高飛！我叫淑翩，讀白血球四十班。」說着把手往前伸，要和高飛握手。

對方有這個反應，是高飛始料不及的。對，高飛從來沒想過竟有人會主動和他握手。是啊，從來都沒有。同學向來都迴避他，他也不懂得怎樣待人接物，經過多次失敗教訓，他已把交友之道丟諸腦後。

對方的手還懸在半空，像期望什麼回應，高飛一時不知所措。這次倒是高飛叫它失望了。

「快來呀，下一個便輪到你了，還呆着？」淑翩馬上把手伸過來，見高飛反應遲鈍，更索性抓着他的手，半拉半扯地領他衝進禮堂。

高飛來不及思考，或作出回應，臉孔一片窘紅，不由自主地跟着淑翩跑。

他們走向頒獎台，正值主持人宣佈：「『學業獎』第三名，二十三班麥高飛。」

高飛只管低着頭。聽到自己的名字，他臉上又是一陣灼熱。他的感覺複雜得很：自己的名字終於給宣佈了，可以站到台上接受獎項了，心中一陣高興；可是，又擔心自己的臉孔會嚇壞台下的觀眾。他害怕那一雙一雙錯愕、驚慌的眼睛。這麼熱鬧的場合，他倒是頭一回遇上呢！

幸好淑翾一直領着他衝向台前，一切來得很快，高飛再無暇整理那千絲萬縷的心理交戰。

「快，到台上向主禮人鞠躬，然後向台下再鞠躬。去吧，高飛！」高飛來到台階前，淑翾輕聲對他說，接着身子一側，在他背後輕輕一推，高飛像給一股什麼力量推動了，箭步登上台。

高飛糊裏糊塗上了台，領過獎；鞠躬，再鞠躬。除了地上褐色的地毯外，他沒有留意到別的，甚至那陣陣掌聲，也彷彿隔於耳膜之外。他沒有察覺到掌聲因他的出現而疏落了，有些手掌在半空中忘記了拍動；台下不少觀眾，雙眼瞪得老大的，張着口。高飛急急地領過獎，步下台階，一溜煙地竄出禮堂去了。

在電光石火間，高飛如夢初醒，自己已站到禮堂外面來，可以鬆一口氣了。要不是手中的那張獎狀，他才不相信自己剛才竟面對了億萬雙眼睛。

「恭喜你！」高飛的肩膀給拍了一下，如蜻蜓點水般。旁邊站着淑翩，她手上也拿着一張獎狀——學業獎第二名。

「恭喜你，淑——」這次是高飛主動伸出手來，因為接不上她的名字，有點窘。

淑翩甜甜一笑，伸出手來：「淑翩，劉淑翩。你剛才做得很好啊！」

手裏握着淑翩的手，高飛的感覺是那麼實在，一陣溫暖從手心流到了心中。

「謝謝你，淑翩。」高飛沒頭沒腦地吐出幾個字。

「……我真擔心你不上台領獎呢！」淑翩又笑了笑，聲音像風鈴，然後揮揮手，說：「對不起，還有獎項等着我呢！再見！」

高飛看着淑翩的身影，感覺很親切，飄飄然的，身邊的事物頓然變得美麗了，美得有點不真實。

3 踏上征途

高飛沒有再踏進禮堂，他靜靜地坐在乒乓球場的石凳上，手裏拿着獎狀，呆呆地想着剛才發生的事。他凝視着獎狀上的名字，一遍又一遍，心裏泛起一陣驚喜。這可是他成長的見證呢！

偌大的乒乓球場，空蕩蕩的，高飛看着桌上的乒乓球和拍子，濃濃的孤獨感佔據了他。他快要離開這個生養之地了，想到自己從沒有在球場上和同伴較量過，實在可惜啊！如果有機會打一場球賽，多好！

不知怎的，高飛想起淑翩來。她是他惟一的朋友了。才見了一面，算不算朋友呢？高飛自己也有點疑惑。

高飛讓乒乓球從手中滑下，球在桌面上下跳動，發出規律的「的嗒」、「的嗒」聲；那一下下的碰擊聲，令高飛的空虛感更濃。

「要來一場球賽較量較量麼？」一把熟悉的聲音

從身旁冒起來，正搔着高飛內心深處的渴望。

高飛回頭：「嗯，淑翩，怎麼你在這裏？」

「畢業禮剛散了，同學都要走了。」淑翩邊說邊走到球桌的另一端，拿起乒乓球拍，作了一個手勢：「來嗎？」

倒是高飛遲疑了：「你不害怕我嗎？」

「哈哈，怕你？你有什麼可怕？你不知道，我們都來自同一個始祖？我們是表兄妹呢！」淑翩微微一笑，消除了高飛許多憂慮。骨髓裏的血球細胞都源自同一個始祖——血幹細胞，像人類的遠祖一樣，從一點慢慢繁衍不同的細胞。雖然相貌不同，體質各異，但大家活在同一片天空下，彼此相親，是合情合理的事。

「時候不早了……」淑翩催促着，從桌子的另一端，二話不說，把球推送過來。

高飛冷不防這突擊，一時招架不住，乒乓球走丟了。

嘩，好險！

「你賴皮！人家還沒準備好，攻人不避非君子！」高飛把球拾回來，馬上回敬過去。

「嘩，好險！」淑翩一飛身，把球擋到另一邊。

球就這樣在高飛和淑翩間蹦來跳去。

「既然是表兄妹，上天真不公平，我和你的樣子相差遠多了！」高飛來一記扣殺。

「老實說，高飛，剛才見面，你的樣子倒真的嚇了我一跳。跟你成了相識，才發現你其實並不可怕，還頗親切呢！」淑翩後退了一步，剛好卸去乒乓球的衝力。

「嗯，你怎麼知道我的名字？」球又來到高飛身前。

「我讀四十班，也聽過人家談二十三班的事，知道有一個又兇又難看的同學……」淑翩瞟了高飛一眼，笑吟吟地說下去：「不過，我倒覺得你很用功，成績又好。雖然樣子可怕，但你沒有做過什麼壞事……嗯，你的乒乓球打得不錯呢！」淑翩道來漫不

經心，高飛卻不由地有點感動。

淑翩滔滔不絕：「雖然大家都迴避你，說你生病，但我知道你並沒有害什麼傳染病。這點我很清楚。我是白血球呢，已在骨髓裏長大成熟。我掌握不同壞蛋和細菌的特徵。我知道哪些是正派的，哪些是邪惡的。哼，休想騙我！」淑翩調皮地眨一下眼睛。

高飛想把球推出去，但力度不當，球偏前落在球桌旁邊，叫淑翩的球拍撲個空。

「哎呀，時候不早了，我得走了。」淑翩赫然想起什麼，指頭指着不遠處：「我的同伴在那邊等我呢！」

循指頭的方向望去，只見億萬血球攢動，雄赳赳、氣昂昂的；經過了為期數天或十多天的培訓，他們都滿懷自信，雄心壯志。血球細胞分排成六行，密密麻麻地往前推進，部隊好像綿延千里。那裏有一堵峭壁，上面飛揚着「出境」的旗幟。

「我們前進，前進！不畏困難，保護國土！前進！……」細胞喊着口號，唱着，步履起伏仿如打拍子。

「高飛，我希望你能像其他同伴一樣，覺得自己是個了不起的細胞。」淑翩語重心長，「你樣子沒錯長得有點怪異，但我相信上天在你身上一定有特別的意思。」

淑翩一轉身就走遠了，消失在細胞羣裏。高飛總覺得淑翩有點像神仙，來去無蹤，卻總在他有需要的時候出現。

我這般樣子，手腳黏巴巴的，還有用處麼？高飛不大相信。事情真的如老師所說，書本載不下所有知識，必須到外面闖闖，才能清楚自己的潛能？

高飛呆站了半晌，想想也是時候踏上征途。

4 一、二、三，跳！

高飛一來到細胞羣當中，僅有的自信旋即變得很脆弱。

他覺得四周有許多奇異的目光盯着他。他低頭，疾步向前，只希望快點跑到盡頭。到了那裏，他便可以遠離這些羣眾，躲開煩擾。

「同胞們，跳下去！不用怕，順着流水，便可以到達目的地。」傳來指揮官嘹亮的聲音：「如果害怕的話，可以和朋友一塊跳……下一個，跳！」只見細胞一個一個消失在路的盡頭。

舉目一看，老遠站着幾個身形魁梧的巨人，在終點把關。他們的身高足有高飛的三到十倍，胸前掛上「馬家軍」字樣，排成一行。他們樣子古怪，眼睛的形狀不規則，像濺在地上的水滴；手腳的數目呢，比蜘蛛還要多。身上的一條胳臂在催促血球細胞前進；頭頂的那一條胳臂，就揮動着「出境」的旗幟。噢，還有一條胳臂與左鄰的巨人緊握，築成一道拱門，上面掛了「莫回頭關」的匾額，彷彿細胞們離開這裏，就再沒有機會回來了。

更奇怪的是，這些高大的指揮官，一把手伸到絕壁外面，抖一抖，身上的皮屑便給抖下來，成千上萬，如煙花，如飛絮，飄向河流。指揮官對紛紛往下跳的細胞叫嚷：「衝啊！我的好兒女，要完成你的使命啊！」

高飛來到路的盡頭，雙腿軟了下來。他站到陡峭的懸崖俯望，下面是湍急的流水，嘩啦嘩啦，不知流向什麼地方。上游是又高又急的瀑布，傾瀉千里，落在水中，雲煙氤氳；流水在瀑布下躍跳，撒開去，滾滾急流下還有暗湧呢。

「快，牽着我的手，一、二、三，跳！」細胞一個一個從後面趕上來，手拉着手，合上眼，縱身而下，落在水裏，濺起一點點水花，就給水流沖遠了。紅血球紛紛落在水中，把河的下游染成嫣紅一片。

高飛還在懸崖徘徊，牙齒「格格」作響，兩腿怎也不聽使喚，像給釘住在地上。他真的希望有一個同伴，能跟他一起跳。他想牽着身旁細胞的手，但那手猛地縮回，躲開了。高飛閉上眼睛，深深吸一口氣，卻怎也提不起勇氣往前一躍。

「你這個小子，還不快點跳下去？後面來的都給你堵住了！唉，不中用！」指揮官馬家軍粗聲大氣，在旁嚇唬。

高飛正想往後退，後面卻人馬雜沓，要衝上來。他心裏一急，眼淚不由自主地打轉。

「來，一、二、三，跳！」不知從哪裏伸來一隻手，把高飛抓住。高飛像給催眠了似的，往前一縱，整個身子如風一樣飄在空中，向下、向下掉去……

高飛來不及睜開眼睛，已經「撲通」一聲，掉進水裏去了。「啊！淑翩，是你！」高飛看見牽着自己的，正是淑翩，萬料不到她會在這個時候出現。

「這裏好玩嗎？喲，看，除了我們以外，還有許多同伴呢！」淑翩四處張望，一個一個細胞落在她身邊，濺起點點水花。

顯微鏡下

造血工場

骨髓（Bone marrow）是人體的「造血工場」，內裏的「血幹細胞」（Stem cell）可以生產一系列「分化細胞」。分化細胞成熟後，就是紅血球或白血球，即文中的血球細胞。血球細胞經骨髓進入血液，運行全身。細胞成熟的速度不盡相同，例如紅血球需時七天，有些白血球就需要十一天。

血球細胞壽命不長，骨髓必須不斷生產細胞，才能維持身體所需。每分鐘有數以億計的紅、白血球在骨髓裏形成，速度快得驚人。

人患上癌症，或服用某些藥物，或受到輻射傷害，都會破壞骨髓造血的工作。如果血液裏的細胞得不到補充，病人便會貧血（紅血球下降）；出血（血小板不足），抵抗力也會下降（白血球缺乏）。

血小板的父親

巨核細胞（Megakaryocyte）即文中的「馬家軍」，是很大的骨髓細胞，直徑約有35至150微米。細胞表面凹凸不平，細胞質脫落即形成「血小板」。情況好像你用指頭拈蛋糕一樣，蛋糕是巨核細胞，拈的每一小塊便是一個血小板。如果脫落的過程出了岔子，血液裏的血小板數目就會下降，病人身體容易出血。

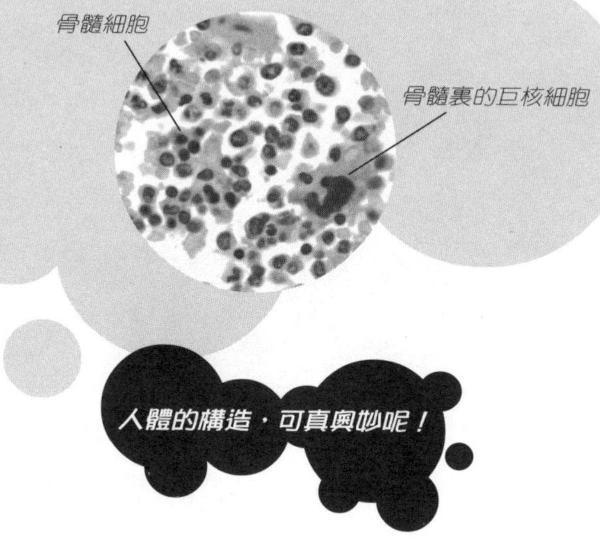

人體的構造，可真奧妙呢！

人體網絡

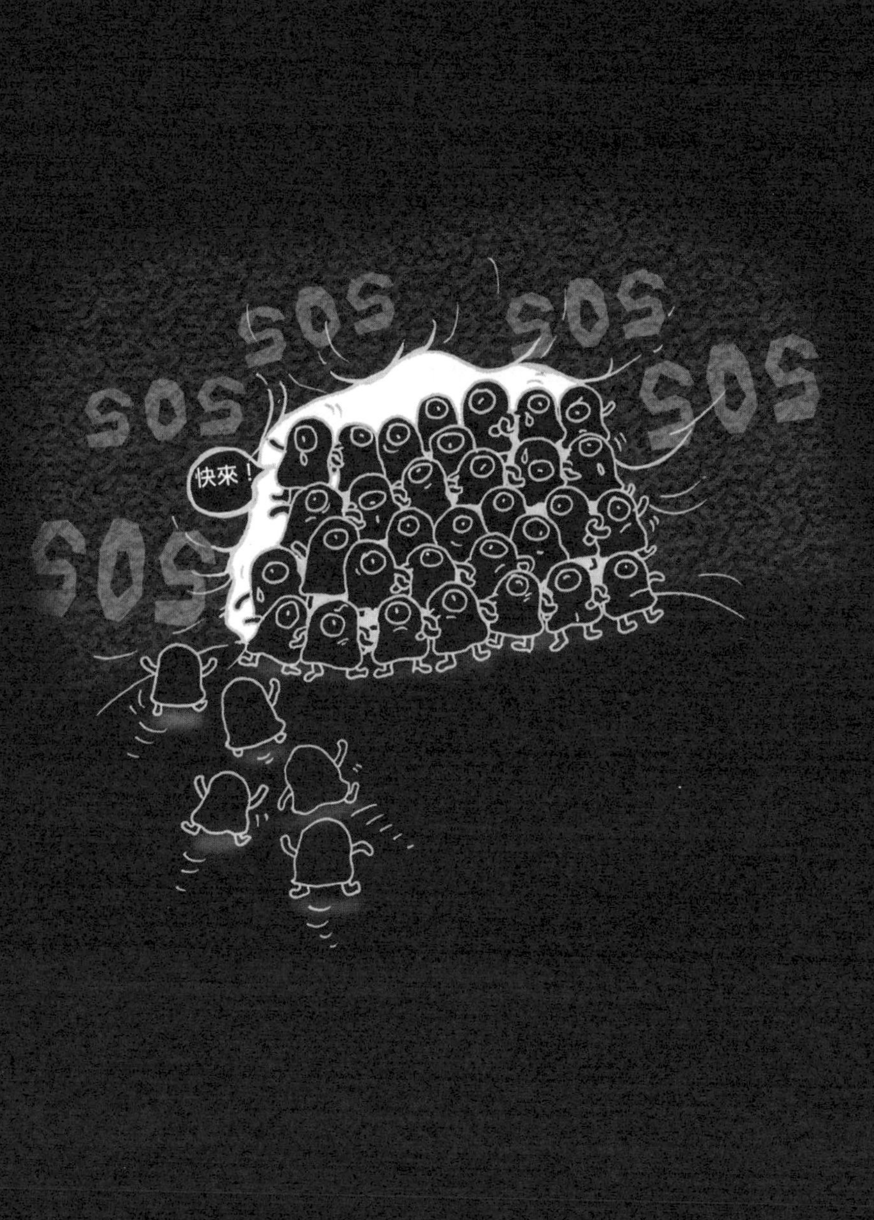
SOS
SOS
SOS
SOS
快來！
SOS

疊羅漢

高飛和淑翩在水中載浮載沉，在人體的血管裏，順着流水的方向，向前游去。

「喲啊，真舒服！好自在呀。」高飛一邊在水裏打轉，一邊高叫，後空翻三百六十度加轉體，威風得很。

他看看四周，都是同伴，用心細數之下，就發現每一千個細胞當中，紅血球竟佔去九百九十多個，數目之多，令人咋舌。就是她們，把原來略帶黃色的河水，染成鮮紅色。

「砰！」高飛一個筋斗，不小心碰着什麼。

「對不起！」兩把聲音同時響起來，充滿歉意，看來他們也覺自己魯莽。

高飛回頭，卻看不見任何細胞。

「對……不起……」腳下傳來顫抖的聲音。高飛低頭，只見一個身高大概只及自己五分之一的矮血球，拉着他褲的下襠。

「我叫皮屑小子，不好意思……」矮血球像小孩子闖了禍，在大人面前發抖。

「嗯，好可愛的小子。」高飛心想，彎下腰，仔細端詳，正想拍拍矮細胞的肩膀。

「不！」矮細胞馬上閃開，站到一旁。他以為面前醜陋兇惡的巨人，要揪住自己，驚惶不已。

高飛知道又把人嚇壞了，一躬身，把手按在太陽穴上，連聲道歉：「對不起，對不起。我叫麥高飛，很高興認識你。」

「我父親是巨核細胞馬家軍指揮官！請你……請你……識相點，別欺負我。」矮血球還是不放心，搬出父親來招架。

「馬家軍指揮官的兒子？」高飛難以相信這些矮小的細胞，就是從巨人指揮官生出來的。指揮官在峭壁上舞動旗幟，雄姿颯颯，他抖落的皮屑小子，真有點虎父犬子的味道。

「將來你也會像父親，那般英偉麼？」高飛很好奇，身子更湊近一點。

高飛這動作，叫皮屑小子更驚恐萬分，連連往後退，慌忙間翻了個筋斗摔倒了，瑟縮一旁，彷彿小孩子遇見了惡魔，不知如何是好。

這時，四面八方忽然趕來十多個皮屑小子，叫道：「小弟，別怕！我們來了，讓我們好好教訓這惡人！」

他們團團圍在一起，氣沖沖地指着高飛道：「你是誰？恃強凌弱，算什麼好漢？」

高飛給他們團結的氣勢嚇倒，一時答不上話來。

「哼，別看我們身形細小，我們只要來個疊羅漢，就誰也不能匹敵！」皮屑小子馬上熟練地排起了陣式，一個疊一個，密密麻麻地排成一堵牆，橫在高飛面前，彷彿隨時會把他吞沒。

還是淑翩鎮定，替高飛解圍：「兄弟，看來你們誤會了，高飛並沒有惡意，剛才大家不小心碰倒罷了。」

「小弟，他欺負你了？」一個看來是哥哥的，關切慰問，只見那小子搖搖頭。

「的嘟的嘟——的嘟的嘟——SOS——SOS——附近有牆壁細胞受傷了。SOS，請各位馬上戒備！」河牆那邊忽然傳來求救聲，SOS響個不停。

「各位哥哥，我們還是放下這裏，趕去拯救牆壁大兄要緊。」有一個皮屑小子建議。

「說的正是，今回暫且放過你！」其他小子迅即回應，倏地分體，一窩蜂散去，朝着同一個方向前進。

高飛雖然心裏委屈，卻按捺不住好奇心，也跟着大夥兒上路，去看個究竟。

只見不遠處，河牆有個缺口，壁膜破了，流水沿缺口湧出去。有些紅血球已流走到河牆之外，看來奄奄一息。

「兄弟，快來疊羅漢！人體的血管壁破損了！」

皮屑小子在缺口高聲招呼，馬上匯聚了一大羣兄弟。

他們層層相疊，彼此挽着臂彎，上下左右伸展開去，形成了一張網，堵塞決堤的破口，迅速阻止了河水流失。

「各位，準備，一、二、三，用力！」一聲號令，一個一個皮屑小子把膀臂朝自己一壓，形成一股張力，缺口也變細了。

「高飛，你等我一會，我去看看。」淑翩走到縫隙附近湊熱鬧。她在那裏仔細檢查；嗅嗅，摸摸，碰碰。高飛知道淑翩在執行白血球的任務，看看有沒有外來的侵略者。那些壞蛋總喜歡從缺口乘虛而入，偷襲人體。淑翩的責任，是吞噬和分解入侵的細菌呢！

忙了一回，淑翩才放心，滿意地笑了，說：「唔，很好，一切平安。」

「剛才的缺口好大呢！皮屑細胞力氣真大，膀臂一拉，缺口就窄多了。」那些身材矮小的大力士，贏得了高飛的讚歎。

SOS
SOS
SOS
SOS
SOS
快來！

「高飛，原來他們就是血小板，來自巨核細胞，有凝血的功能啊！你知道嗎，這一招叫做『血塊凝縮』， 能修補、縮小血管壁的缺口，幫助人體的傷口痊愈。從前在書上念過，但不如目睹，他們的獨步本領，竟想不到那麼厲害！」淑翩眼裏充滿驚喜。

高飛和淑翩倆手牽手，隨着波浪，時而漂浮，時而往下潛。大力士疊羅漢的情景，淑翩在缺口邊緣晃動的背影，都一一留在高飛心中。皮屑小子和淑翩都設定了目標，都在找尋發揮自己潛能的機會。可是自己呢？怪難堪的。

高飛感到很迷惘。他的作用在哪裏？他有長處嗎？旅程才開始，前面的路還長，該怎樣走下去呢？

2 潑婦公主

水流啊流，流過幾道分支後，水勢就緩慢多了。護着河水的牆壁也愈來愈薄，竟變得透明起來。愈往下游，水道愈窄，流速愈慢，才晃眼光景，他們已遠離暗湧湍流的主河道，來到一片平靜之地，明淨的溪水琤琤細流，兩岸的景致又重見明朗。

水裏的世界多姿多采，有紅血球、白血球、大力士皮屑小子，還有一些高飛從沒見過的奇怪細胞，像一大羣遷徙的游魚，默默前進。四周一片恬靜，每個細胞都有自己生命的方向，誰也不會干預誰。

紅血球長得漂亮高貴，都像公主；臉色紅潤，圓圓的臉孔仿如意大利薄餅，皮膚白皙光滑，沒有一點污垢。如果體內也有聰明的廣告商，她們絕對會成為新一代護膚系列的模特兒呢！

紅血球的眼睛修長得只有兩條線，神氣得很；體形只及高飛的一半；身體像個凹透鏡，中間下陷，遠看像個飛碟。她們每個手裏都拿着長長的氣筒，一條管子從身體伸出來，接駁到氣筒的入口。她們浩浩蕩蕩，令人想起整裝待發，趕往滅火的消防員。

然而，高飛不知道紅血球樣子甜美，大小姐脾氣倒也十足。

到達下游，水速轉慢。高飛留意到紅血球一抵達下游就變得緊張起來，鬧吵吵一片：「喔，這裏很需要我們。快，得馬上動工！」

紅血球拿在手裏的器具有什麼用處？高飛很感興趣，便問身邊的一個紅血球：「……你……手裏的是滅火器嗎？附近有火警麼？」

「是氧氣筒！」那紅血球白了他一眼：「少見多怪，笑壞人！請別礙着我，我忙得很呢！」

高飛納悶地走開，心裏不好受，拉着淑翩說：「淑翩，你知道她們在忙什麼嗎？」

許多紅血球靠在河邊，提起氧氣筒，接駁到岸上的細胞去：「嗤」的一聲，氣體從紅血球體內往外輸送；接着「呼」的一響，一股氣流再往紅血球體內輸入。紅血球跟人體器官的細胞交換過氣體，臉色也從原來的鮮紅，變成了藍紫，然後她們從河邊退下來，讓其他等着的同伴接替。

「很有趣呢，不如我們去看看。」淑翩提議。

河道很窄，只容得下兩行細胞，高飛和淑翩停下來，細心觀察，料不到堵住了後面來的紅血球。

「喂、喂、喂，你們停在這裏幹什麼？別堵在這裏，你這個醜八怪！」背後一把聲音叱喝着。

唷！又是那個紅血球！高飛一連兩次給她惡言中傷，很感氣惱，「我不是叫『醜八怪』！『臭脾氣』小姐！」

「你！……這裏是我們的地方，如果你不是有什麼特別任務，請讓開！」紅血球沒有半點退讓，火藥味正濃。

「河道是大家的，你這個態度太不像話！」淑翩也忍不住反駁。

這時忽然傳來一聲呼喚：「寶珊，你快到這裏來！這細胞快要不支了。別跟那兩個無聊人搭訕，我們可忙透呢！」一個紅血球正抽身給寶珊騰個空間。

「讓開，無賴！」寶珊呼一口氣，向前一推，差點把高飛絆個人仰馬翻。她頭也不回，逕自往前游去，看來事情緊急得很。

岸上有一個細胞右手緊捏着頸項，左手勉強拐住伸進河裏的管子，斷斷續續地呻吟求救：「救……救我，我……我不行了。……不行了……好……辛苦……」

「老兄，別怕，我在這裏！來，接上這個！」這時，寶珊趕到細胞身旁，馬上把自己的氣筒接上細胞的管子。「嗤」——只見氣體溜出了寶珊的身體；她再吸氣，回頭往外望時，臉色已變得藍一塊、紫一塊了，看來疲憊不堪。

「謝謝你！」那細胞回復神采，歡天喜地。

寶珊回頭瞟了高飛、淑翩一眼，邊走邊說：「這

裏是氣體急救區，專門搶救人體的細胞。這些細胞兄弟，分分秒秒都在工作，消耗許多能量，要依靠血液裏的營養和氧氣補充。要不是我們供應氧氣，兄弟們便會缺氧、死亡。剛才我跟兄弟作了『氣體交換』，明白麼？笨蛋！」語氣咄咄逼人。

想不到長得如斯標致的紅血球，言行卻像個潑婦。高飛心裏感到不平。哼，有什麼了不起！他七竅生煙，要和她理論。

還是淑翩止住了他，把他拉過一旁，輕聲道：「算了吧！那小姐只是為了救急扶危着急，沒有大的惡意。」

3 驚人軟骨功

高飛和淑翩靠着河岸休息，不一會兒，寶珊又出現了，態度極其惡劣，聲音尖拔：「老天啊，你們兩個閒人還在這裏幹啥？還不趕快給我讓開？」原來寶珊轉了一圈，又回到他們跟前。

高飛見這公主氣焰高張，不可一世，心裏已經不悅；自己和淑翩早緊靠河邊，理該不會造成阻塞，對方算是什麼的，於是理直氣壯，高聲申辯：「怎見得我們堵住……」

寶珊沒說什甚，搖搖頭，一上前，便把高飛和淑翩推開，害得他們倒洋蔥似的栽在地上。

「喂，你好霸道！」高飛猛地站起來，眉頭往上一揚，彎下腰去，用食指指着寶珊，狠狠地瞪着她。高飛的身高足有寶珊的一倍，儼如暴龍俯首對着獵物咆哮。

「你……好野蠻！」淑翩也氣憤了，氣鼓鼓的像

脹滿了風的帆。

原來高飛和淑翩剛才靠站那兒的後面，是一個小洞的出口，也是河道的小分支，只高及腰。

「哼，不知道是誰野蠻！人家忙得團團轉，你們不光不體諒，還堵住通道，出口傷人，不曉得是哪個支派的！」寶珊喃喃自語，沒好氣抱怨。

寶珊蹲下來，臀部在洞口左右擺動。她把身子朝膝蓋彎曲，再微微按下去，連身形也改變了。然後晃動一下，整個身子擠進了小洞口，向洞內退去。

這時寶珊只露出肩膀和頭，嘀咕着：「還好，這裏洞口小，只有我們才進得了去。其他閒雜人等，一概謝絕。」

高飛和淑翩站在旁邊，看得目瞪口呆。紅血球的「軟骨功」，獨步天下：她們的身體嬌小玲瓏，能屈能伸，可以隨時變形，擠進最狹小的河道，繞過許多急彎，到不同的地方去，和河外的細胞交換氣體。

高飛和淑翩對望，為自己剛才的魯莽和憤怒，感到很不好意思。

高飛想向寶珊道歉，探頭往小洞內望，只見她已匍匐而去，在老遠的那頭，正把氣筒接上河外的細胞。

這個寶珊，既傲慢，又有大小姐脾氣；但她的人生目標清晰明確，叫高飛又氣又羨。她扁扁圓圓的身軀，柔軟得可以滲透人體任何通道，真是上天精心的設計。

忽然，高飛覺得自己一無是處，顧影自憐；又不禁把頭垂得低低的，不敢接觸別人的目光。

顯微鏡下

小子大功勞

血小板（Platelet；即文中的「皮屑小子」）是巨核細胞脫落下來的細胞質小片，直徑只有 2 到 4 微米，有凝血的功能。人體的血管若有破損，血小板便會黏附在受損的地方，釋放出因子，把血塊凝縮，幫助血管愈合。如果體內血小板的數量不足，血管破損就難以痊愈，而且會出血，皮膚出現血斑。血小板的壽命，大約只有十天。

奇妙的紅血球

紅血球（Red blood cell；即文中的「韋寶珊」）是人體內少有的無核細胞。沒有細胞核，紅血球並沒有基因；也因此有更多空間儲存血紅蛋白（Haemoglobin）。

血紅蛋白的作用是輸送氣體，作氣體交換，就是把氧氣輸送給其他細胞，再把細胞產生的二氧化碳輸回肺部，然後經肺部排出體外。充滿氧氣的紅血球呈紅色，卸下氧氣，會轉為藍紫色。

紅血球的外觀很有趣，表面像盤子，中間扁平，側看有點像啞鈴。這形狀大大增加了面積與體積的比例，儲存的氣體可以更有效地與其他細胞交換。

紅血球柔軟而富彈性，能進入最微小的血管，也能適應不同血管的形狀。通過某些彎角時，紅血球可以由盤子般的形態搖身變成茶杯的形狀，儼如可揉捏的泥巴呢！

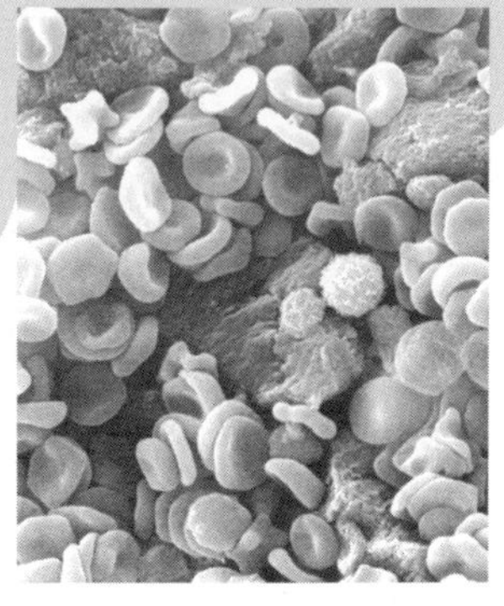

紅血球

「細水長流」的毛細血管

毛細血管（Capillary；即文中的「河道微小分支」）是體內最細小的管道，遍佈各器官。器官新陳代謝所產生的二氧化碳、毒素、乳酸等，會送往毛細血管，由血液運走，再排出體外。通過毛細血管，也可以把血液裏的氧氣、葡萄糖等養分，輸送給身體的細胞，為細胞補充能量。其實，器官的新陳代謝率愈頻（如心臟、腎臟、肌肉等這些器官），毛細血管的分佈就愈廣大，正是這個道理。

此外，毛細血管還有以下特點：

1. 它血液的流速，只及大動脈的千分之一，每分鐘約 1.8 厘米。緩慢的流速，令物質的交流更有效率。
2. 血管的直徑只有7至9微米，剛剛足夠一個紅血球通過。這設計的優點，在於它的面積與體積，有最大的比例，好讓血液流過時，有最寬闊的面積與管外的細胞接觸，大大促進了物質的交換。可知道，人體中毛細血管網絡的總面積，差不多有6,000平方米，竟是人體皮膚面積的3,500倍呢！

3. 如果把體內的毛細血管拉成直線，連接起來，它的總長度估計有9,600萬米（即大約6萬哩）。這到底有多長？你可以試比較一下。本港的太平山頂只有海拔500多米；而世界屋脊艾菲爾士峰（Mount Everest）的海拔有8,848米。相比之下，前者全然不成氣候；後者還不及毛細血管總長度的萬分之一呢！

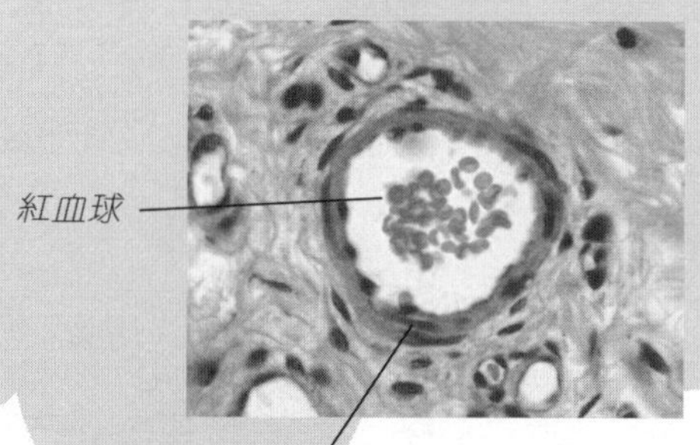

黑夜來客

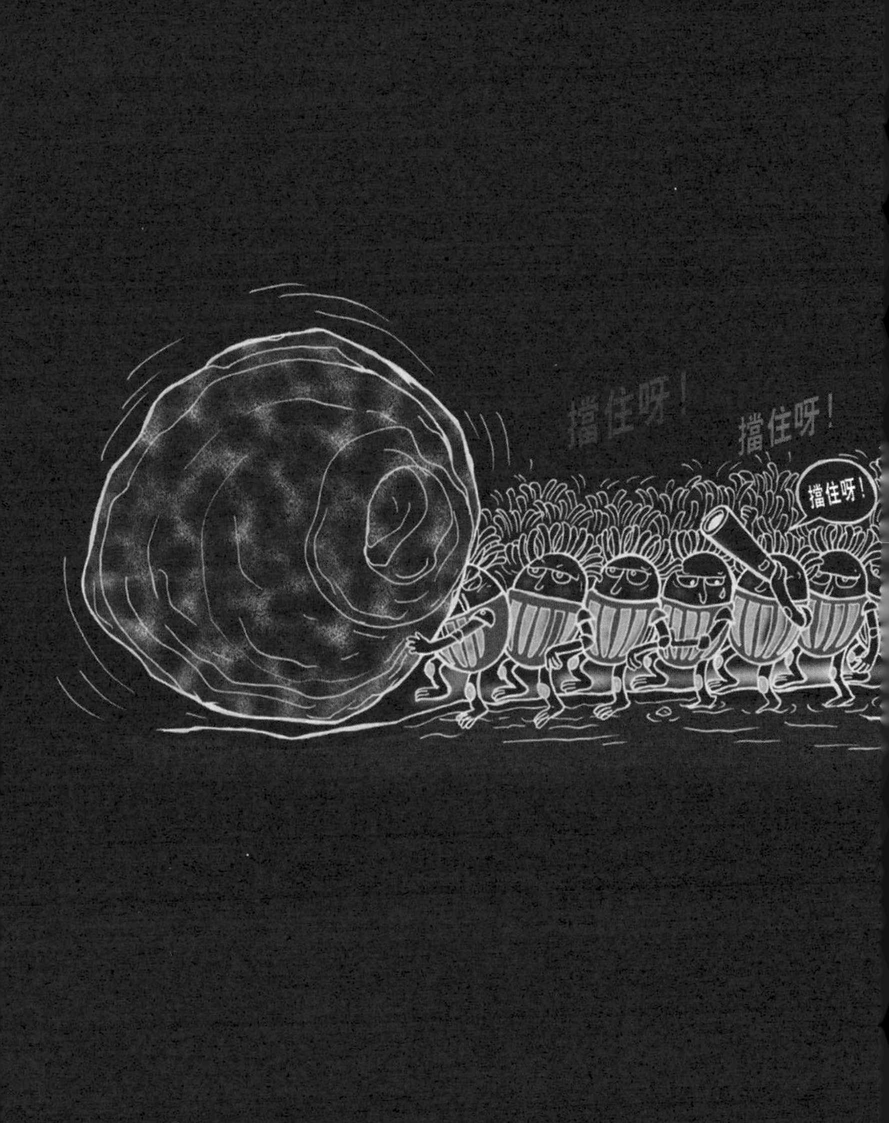
擋住呀！
擋住呀！
擋住呀！

1 喔唷，炮彈！

時而隨波逐流，時而逆水而進，過了好一陣子，高飛和淑翩闖進了一片長滿禾稻的野地，抬頭觀望，天空漆黑一片，深邃、廣闊而幽祕。

他們橫豎累了，就坐下來，觀賞風光。

「嗨，表妹，怎麼會在小腸這裏碰見你？」遠處走來一個血球細胞，顏色鮮艷，身體圓胖，比紅血球略大，體內藏着紅色斑點，一閃一閃的，像聖誕樹上的燈飾；兩個大眼睛炯炯有神，比起刁蠻公主高傲上揚的眉毛親切多了。

「仙菲，你好！怎麼，這裏是小腸嗎？難怪有陣陣奇異的氣味了！我剛經過這裏，坐下來休息！」淑翩嚷着，揮動右手，招呼斑點細胞過來。

斑點細胞攀過河牆，在他們面前站穩了腳，留意到淑翩身邊的高飛，問道：「淑翩，這位是……」

「讓我介紹，這位是麥高飛。」淑翩也給高飛介紹：「這是丘仙菲，我的表姊。」

「你好，仙菲。你的名字好可愛。」高飛舉起手揮了揮。遇見新相識，高飛寧願把手在空中揚揚，也不會主動握手。

「高飛，真高興認識你，看樣子你是屬於白血球一族吧！」仙菲一眼便看穿高飛的來歷，主動伸出手來：「其實都是一家人呢！」

高飛看見她這般友善，就不再忸怩，也伸出手來：「你的彩衣很特別啊。」

「這不是用來裝飾的，」淑翩插嘴，神情有點自豪，又有點怪異，像通曉什麼內情似的，把手掩着嘴角，故作神祕地湊近高飛的耳朵說：「看來漂亮，其實內有玄機呢，好駭人！」

「你別捉弄新朋友啦！老在開玩笑！」仙菲向淑翩裝勢揮一記粉拳，轉向高飛說：「也沒什麼，這些紅點，其實盛滿了化學炸藥，殺傷力頗大。我們用來消滅天外來客。」說着仙菲往身上一抓，取了一顆紅

點，拿在手中，像電影裏的戰士或炮彈專家，身上藏了彈頭、手榴彈，打開衣襟，順手拈來的都是炸藥。

那炸彈拿在仙菲手中，圓圓的儼如地雷，隨時會爆炸的樣子，高飛不禁後退了一步。

「不用怕，機關還沒啟動。要拉開這道活門，或者用力往這兒一拉，待裏面的化學物質產生作用，炮彈才會爆炸，摧毀目標。」仙菲把「地雷」在手中翻來轉去，東抖抖，西碰碰；說到爆炸時，更繪形繪聲，雙手在空中打着大弧形，像玩雜技般，嚇得高飛和淑翩死盯着地雷，不敢走近一步。

仙菲見他倆愈退愈遠，啼笑皆非：「放心，這個炮彈不是用在你們身上的。裏面的化學物，專門摧毀寄生蟲。你們退得那麼遠，好誇張啊！不玩了。」說着把炮彈往體內按下去，那紅斑點又嵌在身上了。

這時高飛和淑翩才放下心來，舒一口氣。

忽然，河那邊有一個聲音叫嚷：「喂，仙菲，別躲在那裏啊！看來有敵軍靠近，要準備迎戰了！」

仙菲馬上收拾心情，進入戒備狀態，匆匆走了。

2 勇擋巨石

往河岸一看，那裏有不少斑點細胞站崗，她們有些俯伏地面，有些用望遠鏡窺探着，有些則筆直地站着，一聲不響，不苟言笑，神情嚴肅，戰爭似一觸即發。

再往遠處望去，黑黝黝的，空曠一片，是神祕的天空之地。外太空會有什麼異體來侵襲呢？

高飛和淑翩退回水裏，高飛壓低了嗓門道：「到底發生了什麼事？」

「噓，你聽到什麼嗎？轟隆轟隆，轟隆轟隆。」淑翩在高飛身旁，輕聲說。高飛側耳細聽，遠處隱約傳來轟隆轟隆低沉的響聲，像有什麼巨大的隕石或怪物，正排山倒海、破山碎石而來，地殼也在震動，轟隆、轟隆……

「這是什麼聲音？好可怕呀！是巨龍嗎？抑或是隕石呢？」淑翩滿肚子疑竇。

他倆躲在河裏，不敢作聲，細心聆聽外面的動靜。

「弟弟，你準備好了嗎？」這時傳來一把微弱的聲音。

「準備好了，哥哥。你先走，我留後掩護。」

「好的。其餘的兄弟呢？」

「都預備好了。我一走，他們就會趕上來，保護這片土地。後援足夠，應該不成問題。哥哥，請放心。」

「看來這一塊隕石經過，我們會損傷無數。要萬眾一心，前仆後繼，才能保住國土啊！」那哥哥有點傷感，說：「我這樣豁出去，才算有價值。」

「我倆犧牲小我，成就大義，又何足掛齒？」弟

弟正氣凜然，打動了在「竊聽」的高飛和淑翩的心。

那兩個細胞長得很特別，身子長長的，還有一頭蓬鬆的烏髮，濃密地向上生長。這些頭髮還會左右擺動呢！噢，再看清楚，整個稻田密密麻麻都是他們這些細胞啊！每個長髮士兵都把自己的一隻腳趾放進河裏，趾間一點一滴，滲出晶瑩的甘露，混在水中，讓水流帶走。

高飛不曉得長髮士兵原來是小腸細胞，專責吸取養分。他們通過頭蓋的髮絲，把經消化、飄浮在腸道的食物營養吸收，再把營養滲透趾間，送到血液裏去。血液行遍人體全身，給其他細胞輸送營養，成為人體細胞能量的來源。蓬鬆的烏髮，大大拓闊了腸細胞吸取養分的面積，增進辦事的果效。

再看兄弟二人的後面，一大批士兵排成一列，想是援兵吧。駐守在最後頭的，正不斷分裂繁衍，一變二，二變四，生生不息。看來他們枕戈待旦，也隨時準備補充在前線倒下來的同袍。

「高飛，你害怕嗎？」淑翩瑟縮在高飛的後面，高飛也在打哆嗦。

轟隆、轟隆，聲音愈來愈大，直向他們衝來，地面震動得更劇烈，還有磨地的聲響。黑暗的天際出現零落的不明飛行物體，劃破長空。長髮士兵都嚴陣以待。

轟隆轟隆……一塊巨大的隕石，正凌空而來。

「再見，弟弟！」哥哥的身體馬上給巨石壓倒，弟弟一個箭步趨前，替代哥哥原來的位置，誓要用自己的身軀保護國土家園，但轉瞬間也給隕石的碎片輾平，後面一個長髮士兵立刻補上。

如是者，後浪補前浪，一個一個士兵從後防衝上來，碩大的隕石從他們頭上經過，掠走不少細胞，幸好土地分毫不損。長髮士兵就是這樣快速地繁殖，一個個地補上去，抵擋巨石帶來的耗損。

「好激烈的戰爭啊！」高飛、淑翩料不到自己見證了一場戰火。正以為可以置身事外，冷不防就有一

擋住呀！
擋住呀！
擋住呀！

塊巨石在他們面前經過，儼如一艘大飛船掠過長空，叫他倆呆住了，動也不敢動。高飛緊張得連喉頭也乾涸了，不住舔舔嘴唇，使勁嚥下一口唾沫。

3 泡泡哨兵

隕石羣終於過去了，高飛、淑翩心神才稍安定下來。「淑翩，你看，那裏有些泡泡哨兵，他們在作什麼？」高飛又另有發現。

泡泡哨兵是個大肚子兵，頭顱小，腹部卻胖得要命，鼓脹脹的，儲存着許多泡沫，遠看就像個不倒翁。泡泡哨兵臉孔朝天，仰看夜空，頭顱卻作三百六十度的旋轉。他們嘴裏還含着一大口唾沫，「乞吐」一聲，肚皮一收縮，腹裏的泡泡，就給噴到半空中，有些就落在長髮士兵的頭上。

長髮士兵也好像不介意，用這些唾沫揩擦全身。

「這些泡泡哨兵，原來是『口水佬』，專門向人『放飛劍』！」淑翩靜靜觀察，眉頭一皺，很不自在。

「各位同袍，趕快把液體擦遍身子！」一個看來作首領的，吩咐眾長髮士兵。

長髮士兵一邊把唾沫往身上擦，一邊向泡泡哨兵道謝。

高飛旁觀了好一會，忽然靈機一動，說：「我明白了！那些唾沫是潤滑劑，擦在身上就可以減輕隕石的摩擦力，不致造成太大的損傷。」

「泡泡哨兵把唾沫吐往巨石，使原來尖削粗糙的岩石表面變得較平滑，這樣就大大降低了殺傷力。」淑翩也有她的領會。「嘩，真了不起！」高飛打從心底裏佩服這些士兵們。

好舒服呀！

4 巨獸反擊戰

高飛極目一望，站在遠處的不是仙菲嗎。她神色凝重，很嚴肅的樣子。

「不好了！有外敵，請各位準備。」仙菲發號令，氣氛又緊張起來，看來這場戰役她是斑點細胞的將領。

斑點細胞聽到命令，馬上站到崗位來，把手探進體內，捏着紅色斑點，像士兵隨時要甩手榴彈一樣。

他們往遠處監察。咕嚕——咕嚕，咕嚕——咕嚕，一頭巨獸緩緩地在爬動，尖尖的頭和尾，身體有點扁平，長度足是斑點細胞的五百倍，好駭人！

那怪物愈走愈近，不時咆哮、狂號。牠身上滿佈斑點細胞，像蜂巢附滿了蜜蜂，密密麻麻的。

「兄弟，在前線的同袍，已打了一仗。這回，我們上！」仙菲吹響了號角。斑點細胞一擁而上。怪物目光猙獰，身體在痛苦掙扎，左右擺動。牠把尾巴一甩，抖落了身上不少斑點細胞，當然有更多的還緊緊黏附牠身上不放。

「噗！」一個斑點細胞掉落在仙菲身旁，奄奄一息：「線蟲，是寄生線蟲……」

「砰、砰、砰！」斑點細胞掏出炮彈和地雷，不斷往怪物身上扔去，迸發出點點火花。怪獸的身體滿佈洞孔，像一個個凹陷下去的火山口，但牠仍頑強抵抗。

怪獸不住掙扎，作後防的斑點細胞這時都一縱身，登陸在怪獸身上，各自拿出炸彈，口一咬、手一拉，統統都往怪獸身上掄，只聽見一下又一下爆炸的聲響，最後巨獸的身體給炸得潰爛不堪。

怪獸苟延殘喘，拚死作最後反擊。牠呻吟一聲，把身體摺起來，再使勁一蹬，抖落了許多斑點細胞。接着，身子猛地擺動一下，連長髮士兵也波及了。長髮士兵不堪一擊，給連根拔起，拋到空中去。

高飛和淑翩躲在一角，眼巴巴看着這場大戰傷亡慘重，又不知道可以作什麼。正覺得很無助的當兒，冷不防漩渦掩至……

5 決堤！決堤！

原來怪獸剛才抵死反抗，狠狠地把身體搖擺，一段河牆就給衝破了，水從缺口奔騰而出。

不好了，漩渦有如海嘯，頃刻河水如千軍萬馬湧來……

淑翩正倚在河邊，沒有抓牢，給一股吸力捲起來。「哎呀！」她高聲叫喊，高飛本能地向旁邊一抓，剛剛來得及抓住淑翩的手。水勢湍急，吸力非同小可，高飛和淑翩就竭力挨近河牆，給驚濤駭浪猛沖下去。

他倆的手緊扣着，來到一處，往下一看，大吃一驚，下面正好是個大缺口，河水都往那裏傾注，再流向無邊的懸崖。從懸崖掉下去，可真會粉身碎骨啊！

「不！」高飛設法扭轉兩人的下場。他一隻手緊抓着淑翩，另一隻手就胡亂地往河牆上抓。「擦、擦！」他的表皮給河牆刮傷了，一陣猛烈的疼痛，但也顧不得那麼多了。

幸好高飛的身體帶有黏性，而這時水速也見轉慢，他就馬上把身軀緊緊地黏附到河牆上。只要貼近河牆，水流的推力較小，就容易支撐自己，抓得住淑翩，不讓湍急的水流把兩人沖去。這時，高飛活像一隻壁虎，把身子緊貼壁上。

「呀！」淑翩大叫一聲，身子給河水嘩啦嘩啦地猛沖打轉，懸在半空，左擺右盪，已來到河堤缺口的上方。紅血球都給水流捲進缺口，往下墜進無盡的漆黑裏去。

淑翩的安危只繫於她和高飛一直緊扣的雙手；而高飛和淑翩的命運，又決定於高飛可以貼附河牆多

久。

「好，用力！淑翩，上來！」高飛大聲吶喊，拚命逆水而上。運勁、上，上、再上。哎喲！水流得很衝，瘋狂地拍打他。高飛屈身向下，使勁，背部頓時承受到極大的壓力，一下子把他推向缺口。高飛拚命要把淑翩拉上來——上、再上，使勁……糟糕！又下滑了。淑翩在半空中盪來盪去，上面洪水湍急，下面是黑不見底的深淵，她既驚且急，不由得哭起來。

淑翩每作掙扎，高飛就愈往下滑，支持的力氣也減弱了。因此，就算他傾盡全力，也擋不住急流，兩人更貼近缺口了。這時，高飛半個身子已在河牆外面，淑翩心裏焦急得要命，喊道：「高飛，放開我！我會連累你的！高飛，快！」她手的肌肉放鬆了。

高飛咬緊牙關，沒有回答，死命想把淑翩揪過來，但背後那股急流不住沖打着他，逼他放棄。淑翩的影子在水流中時現時隱。

「高飛，快放手！讓我掉下去算了！高飛，求求你！」淑翩近乎有點哀鳴了。

河水滾滾翻騰，這刻淑翩搖晃擺動得更厲害，高飛在缺口邊緣也開始熬不住了。「不……淑翩，我不可以讓你走！你幫助過我，又給我鼓勵，沒有你，我還能做什麼呢？我活下來又有什麼意思？」

高飛把淑翩的手抓得更緊，但他畢竟體力透支了，氣喘咻咻。這樣下去，他只會筋疲力竭，最後與淑翩一同被水沖去。

怎麼好呢？高飛心裏很慌、很亂……

「SOS……SOS……」遠處隱約傳來求救信號。

河牆細胞發現河牆損毀，這時發出一連串信號。

高飛也顧不得這求救信號可以起什麼作用，決定孤注一擲。他先屏氣不動，作一個深呼吸，準備一鼓作氣，猛地把淑翩拉上來。如果這次不成功，就只能讓洪流沖走，與淑翩同歸於盡。

高飛閉上眼睛，默禱一會，心裏暗數：「一、二、三！」他把全身力量集中在右胳臂，正想使勁往

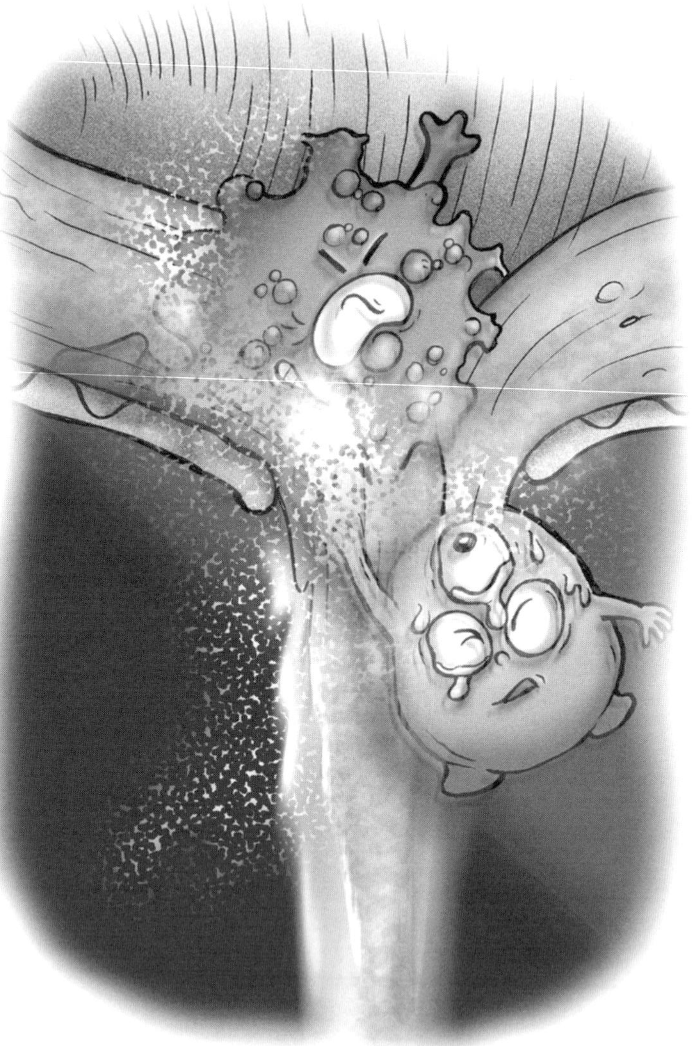

上一拉，咦，河堤的缺口正在縮小、縮小。

原來許多皮屑小子正在缺口匯聚，趕緊搶修。他們從破口的一邊開始，一個往一個身上疊去。對！那是「疊羅漢功」！皮屑小子很快製成一層薄膜，把缺口逐漸封閉起來。縫隙變窄，水的流速就緩和多了。

高飛見機不可失，使出最後一股蠻勁，死命往上拉……

6 初試英雄身手

「撲通！」淑翩給高飛猛地提起來，跌進河裏去。

高飛一陣暈厥，軟綿綿地躺在地上，全身乏力，胸膛急促地起起伏伏，疲憊不堪。

缺口只留下一道狹縫；不過，這道狹縫很快也消失了。

「高飛，你怎麼了？」淑翩見高飛倒在地上，馬上走近來，大喊。

「我沒事。」高飛緩緩睜開眼睛，說：「淑翩，真好，我們又在一起了。」高飛勉強支起半身，抓住淑翩的胳膊，難掩心中的喜悅。

「高飛，謝謝你！我以為我回不來了。」淑翩把手搭在高飛的肩膀上。

這時，一把聲音傳來：「小子，這裏很危險，隨時會決堤。還不趕快撤退？下次可沒那麼幸運了。」回頭一看，是一個皮屑小子，手裏拖着一個同伴。

高飛與淑翩相視而笑，又趕忙向皮屑小子道謝。

「唉，你們剛從骨髓出來，不知天高地厚。可知道這兒是什麼地方？」皮屑小子眉頭一揚，說下去：「這裏是人體消化系統的小腸，常常受到食物和寄生蟲衝擊。你知道嗎？人進食的雞骨，或沒經細嚼的花生等食物，都可能磨損小腸的黏膜。長髮士兵和泡泡哨兵為了捍衛這片土地，每天不知要死傷多少。你們別在這兒流連，決堤可不是鬧着玩的，隨時有生命危險呢！」

喔，高飛恍然大悟，原來剛才的隕石是花生類的食物，那怪獸是寄生蟲。幸得小腸各種細胞和斑點血球的幫助，消化系統才得以完好無損。

「啊！高飛，你受傷了。」淑翩發現高飛胳臂和手掌的傷口，問道：「痛嗎？」

「沒有大礙。我真害怕你會掉進深溝裏呢！」高飛搔搔頭說。

「高飛，你真了不起！竟能熬過這股急流。我還以為是世界末日呢！是你救了我！」

高飛朗聲一笑：「我怎麼捨得你呢？」說着，臉卻紅得像蘋果。

高飛太高興了！他和淑翩都能脫難，而且還頭一回發現自己的用處——他黏黏糊糊的身體，救了兩人

一命呢！

跟湍流搏鬥了大半天，高飛和淑翩都疲倦乏力。他們背靠背，躲在河牆的一角，迷迷糊糊地睡着了。高飛夢見自己是俊朗的王子，和公主在一塊；那公主的模樣，彷彿是淑翩呢！

顯微鏡下

小腸的專業細胞

小腸是食物消化和吸收的地方，為配合這功能，長度絕不可以過短。

小腸差不多有5米長，因此食物有足夠時間與酵素接觸、消化，提供營養讓人體吸收。

這是為什麼有些病人切除了小腸，就害了吸收不良。

吸收細胞（Absorptive cell；即文中的「長髮士兵」）是小腸吸收養分的細胞，附於小腸內壁。細胞頂部平均有3,000根微絨毛，像刷子一般，能有效地吸取養分。

小腸每平方毫米的面積，就大約有20億根微絨毛，令吸取養料的面積大大增加20倍。如果這些微絨毛出現問題，也會影響營養的吸收。

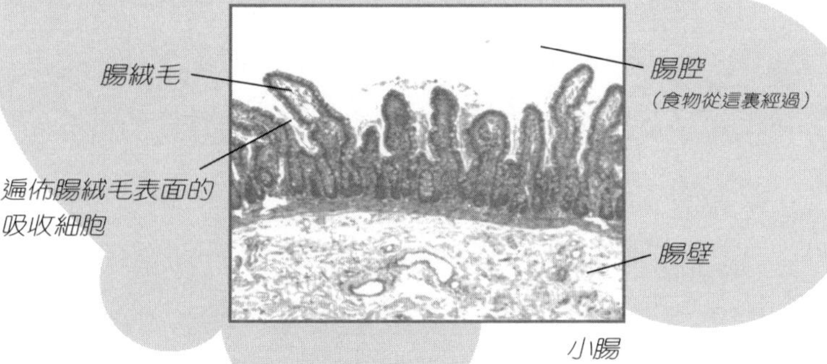

小腸

杯狀細胞（Goblet cell；即文中的「泡泡哨兵」）分佈吸收細胞之間，呈花瓶狀，儲有黏液，適時分泌。這種黏液有潤滑作用，可以保護小腸，免得小腸壁受損。

小腸的細胞不斷繁育，細胞的壽命大約有三到六天。有些治療癌症的藥物，雖然可以阻止癌細胞分裂，但同時也會影響小腸細胞繁衍。要是死去的腸細胞得不到補充，人體便會吸收不良，有肚瀉和缺水的症狀。

親愛的讀者，你可記得身體還有哪一個器官，同樣有很高的繁殖率，並會受到化療藥物的影響呢？

答案在本頁找。

答案：骨髓。

害蟲殺手嗜伊紅

嗜伊紅細胞（Eosinophil；即文中的「丘仙菲」）是血液裏的白血球，數量很少，只佔白血球數目的百分之二到四。它的細胞核像一副眼鏡，又像一雙大眼睛。細胞裏藏有不同的化學蛋白和酵素，主要的功能是對付寄生蟲。人體若有過敏反應，例如鼻敏感或腸胃敏感，這種血細胞也會增多。在鼻腔和腸胃裏，嗜伊紅細胞會離開血管，隨時與血液範圍以外的寄生蟲或引致敏感的「不速之客」，搏鬥作戰。

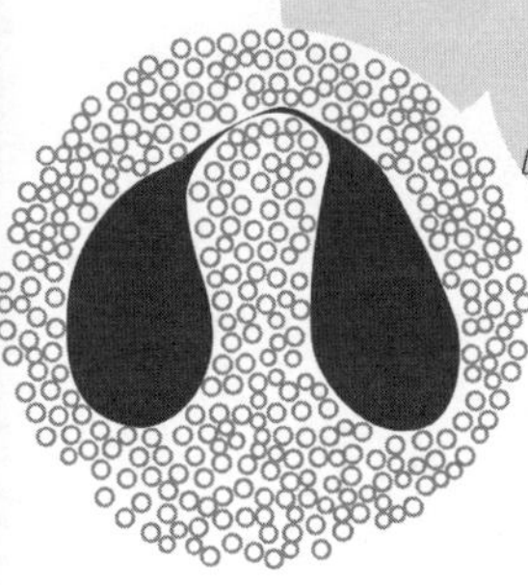

嗜伊紅細胞

人體的構造，可真奧妙呢！

水晶谷

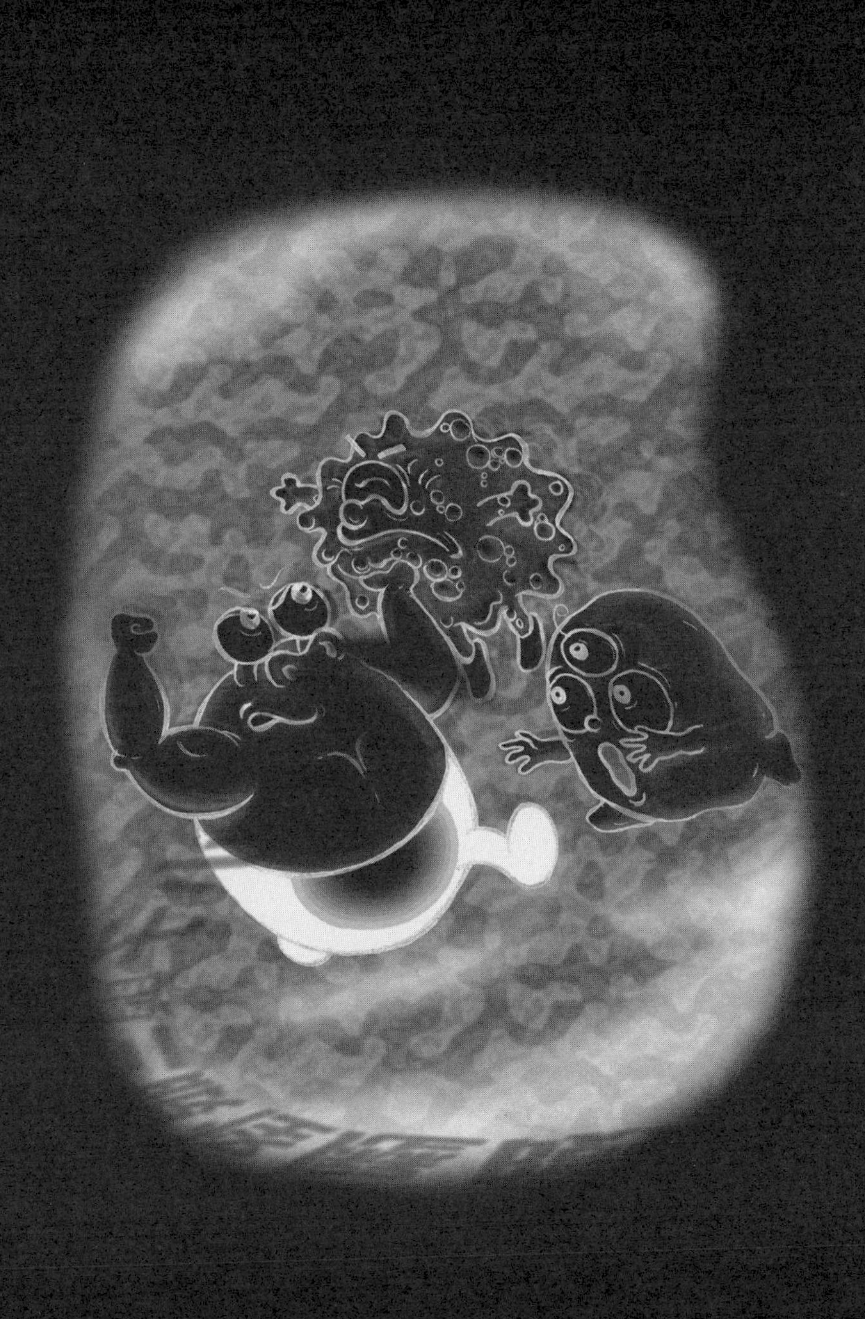

1 桃源美景

高飛和淑翩酣睡了好久，直到一道光線射來，把他們喚醒。

高飛眨眨眼睛，揉揉惺忪的雙目。嘩！好美麗啊！他心裏暗叫。

該怎樣形容呢？頭上柔柔地有一線光灑下來。地面的點點水氣，正嫋嫋上升，映着閃爍的光暈；光線投在水滴上，折射出彩虹，從遠處伸延過來。四周一片夢幻，五彩繽紛的色調，儼如萬花筒般。

這時淑翩也醒過來了，教眼前多變的色彩吸引住，出了半天神。高飛和淑翩彷如置身世外桃源，不禁呆住。

「高飛，我們在哪兒啊？」淑翩壓低了嗓門，囁嚅着，生怕破壞了安詳寧謐的氣氛，又怕驚動什麼。她的心卜卜地跳，忐忑得緊抓高飛的胳臂。

「來，別怕，我們走走看。」高飛鼓勵淑翩說：

「哈，我長得那麼醜，沒有人敢來欺負我們的。」逗得淑翩輕輕一笑。

他倆沿着水道，緩緩地朝着光源走去。光是從一個大窟窿鑽進來的，外面是個怎樣的世界呢？

高飛和淑翩走近洞口，慢慢地探出頭來，眼前的一切教他倆頓時怔住了……

那是一片藍天，澄明光亮，陽光灑滿了天；遠處的汪洋有一、兩艘帆船乘風而行，襯托着起伏的山巒；天上偶爾掠過的鳥，像剪刀一樣把藍色布幕剪開。一團團的白棉花，輕逸地浮在布幕上。

「啊！好美的山水。」淑翩不禁讚歎一聲，話還沒有說完，就傳來「卡察、卡察」的聲響，又一次地動山移！

2 天幕驚魂

「淑翩，抓緊！」高飛大喊，緊緊抓住面前的欄杆。淑翩未及回應，身體已擺動起來。

他倆只覺得走在高速路軌上，摩托剛啟動，「嗖」的一聲，身子便沿着弧形軌道向前衝去。噢，頭上有一幅天幕不住往外伸展，把剛才的景致漸漸掩去了。

不好！倏地有一幅弧形天幕迎面向高飛和淑翩襲來。

「呀，高飛，呀……」淑翩不由自主地大叫。

「糟了！怎麼辦？」高飛也不知所措。形勢嚴峻得很，猶如乘坐機動過山車，迎風疾馳，朝着一堵牆俯衝下去。那牆愈來愈近，無法躲避，高飛只覺心臟直往嘴裏跳。

他倆沿着弧形軌道往下衝，速率愈來愈高，哎呀，要撞個粉身碎骨了！高飛、淑翩緊閉眼睛，連眼角也擠出皺紋來。

「救命呀！」他們迎着風狂呼，尖叫求救，喉嚨也喊破了。

「碰」的一聲，兩幅天幕碰在一起。高飛和淑翩感到一陣劇烈搖動，猛地一個前傾，身子在空中晃動。「用勁抓住！」高飛大喊。兩人抓緊欄杆，才避免給拋出去。

高飛捏了一把冷汗。幸好，身子只是輕輕觸碰面前的一堵牆。高飛、淑翩沒料到，自己正身處人體一開一合的眼瞼上。剛才的美景，是人體外面的世界。

高飛睜開眼睛，怎麼了？四周一片漆黑，好嚇人！

「淑翩，這兒好黑啊！那美景不見了！淑翩，你聽到我嗎？」要不是碰到淑翩的手，高飛根本不知道淑翩在哪兒。

「我……」淑翩聲音抖動：「我……好害怕……好黑……」跟着，就抽泣起來。有一顆淚水，落到高飛的手背。

「淑翩，別怕，我在這裏！是我不好，帶你到這裏來……」高飛感到內疚。無論如何，他要鼓起勇氣，領淑翩離開這兒。

「高……飛……」淑翩全身都在發抖。

「來，抓住我的手腕，我們一起走出去！」高飛果敢地作了決定。

忽然傳來「卡察、卡察」幾聲，高飛好像意識到什麼。「不好了……快穩住身子！」合上的天幕這刻從中間緩緩裂開，透進了一線微弱的光，四周有了輪廓。

「來，淑翩！」高飛急得有點慌了手腳。他連忙把整個身子緊貼石壁，一把挎着淑翩的胳膊。

「咿呀、咿呀！」天幕倏地分開，高速地往後退。喔，原來一直往前衝的那輛過山車，突然煞停了以後，現在又以極速往後退，不斷倒退、倒退，那堵牆遠遠而去。哎呀，一道強光射進來了，叫人目眩！

光愈來愈強，直叫高飛和淑翩的眼睛發痛。

「呀！哇……哇……」淑翩馬上閉上眼睛，又是尖叫又是哭。

高飛低頭，合上眼睛，心裏禱告：沒事的，沒事的，手牢牢地牽着淑翩。

「卡察！」一切停頓，高飛背後有一股拉力，幸好他黏緊石壁，才不致給拉走了。

「嗚……嗚……」淑翩按捺不住，淚如雨下，嘀咕着：「這是個什麼鬼地方，有時往前，有時往後，快要暈死了……」

高飛緩緩睜開眼睛，又看見那藍天碧海了，他用手肘碰碰淑翩：「淑翩，看！又出現了！清清楚楚在那裏！」

淑翩這時也站起來，抹掉淚水，搖搖頭，不相信似的：「剛才不見了，怎麼現在又出現了？……」

他們愣愣地站着，景物忽然又轉動起來，遠方的汪洋、浮雲，變成近一點的樹木。樹枝上的葉子間，有一隻相思鳥在歌唱，一晃眼是房屋，然後是窗框、書桌，最後是很大很大的文字。

「卡察、卡察……」背後又傳來機動聲響。「快！快逃！」淑翩如夢初醒，一把牽着高飛向後奔去，他們要在下一次天翻地覆來臨之前趕快離開！

「嗖……」兩幅天幕又在天上出現，正要相合。高飛和淑翩一縱身，竄進凹陷的坑裏，這裏平靜多了。他倆仰望，天幕在空中合上，「碰」的一聲，黑暗來臨，但很快又「咿呀」作聲分開，光線再次透進來，一個一個大大的字體出現眼前——人體的眼睛正在閱讀呢！

「很巨型的天幕啊！開開合合，真險！」高飛道。

「我們差點做了三明治！」淑翩鬆了一口氣。

3 吹氣大漢

這時背後傳來一把深沉的低音：「近的！」語氣直接而嚴肅，也帶點威武，猶如最高層的指令，由上而下。

高飛和淑翩舉頭四處探看，卻不見人影，彷彿是天外之音。

「一、二、三，吸氣！」如洪鐘般的聲音，由遠方傳來，嗓子沉實有力。

高飛和淑翩往聲源望去，見不遠處有一個深淵，底部黑漆漆的，參不透；半腰的地方有個平台，像個中空的盤子。平台處許多支架伸往深淵中央，支撐着一大塊晶瑩剔透的水晶體。水晶體表面渾圓無瑕，把深溝分隔為上下。天幕打開，水晶經光一照，閃爍生輝，綻放出不同色彩；光芒穿透水晶，墜向深淵底部，才漸漸消失。那繽紛的色彩把四周映照得一片絢爛，仿似迷幻世界。

又見平台上蹲着一個個大漢，差不多有七十個吧，團團圍着水晶。

大漢身材健碩黝黑，光着半身，袒露胸膛和粗碩的膀臂，健壯得如公牛。一聽見號令：「一、二、三，吹氣！」便趕緊吸一口氣。這一吸非同小可，只見他們鼻孔張大得像馬桶，肚皮和胸膛膨脹又膨脹。不一會兒，每個壯漢都脹鼓鼓的，像充了氣的皮球。然後，他們向着支架使勁地吹。啊，原來那不是什麼支架，而是通向水晶體的氣管！只見各大漢吹氣時眼睛眯起來，臉上青筋暴現，黑一塊、白一塊的，和斑點狗沒有兩樣。

這時，水晶體充了氣，中部馬上隆起來。它富有彈性，活像浮牀一樣。

隨着體內氣體的流失，大漢泄了氣，回復原來的體積；頭一轉，離開氣孔，再深深吸一口氣，又把肚皮拉得像個鑼鼓，挺起來，對着氣孔再吹。

水晶體脹鼓得差不多了，一聲叫嚷，又從高飛的

吹氣！

頭頂傳來：「停！」往上一望，只見一個哨兵，眯着眼，用望遠鏡從高處往深淵探看。

這些彪形大漢聞聲，馬上閉口，用活塞堵住氣管。因為勞動了一段頗長的時間，這時都累得坐在一旁喘氣。

水晶體原來是眼球的晶狀體，有彈性，形狀會因視野的遠近改變。人閱讀文字，水晶體就會鼓脹。

過了不久，「遠的！」那道深沉的天外之音又來了。高飛往上望去，只見天空又出現一連串影像：大字走了，出現了窗框、樹木，最後是海洋，以及無邊的天際。

風景迷人，高飛正欣賞得入神，袖子好像給什麼拉了一下，回頭只見淑翩在身旁竊語：「看！」

啊，山谷的大漢都站起來了，很匆忙似的走到支架旁，拔出活塞，「咻……」氣體從水晶體走出來，猶如泄氣的救生圈，一下子，脹鼓鼓的水晶體變得扁平。

「近的！」不一會，又傳來施令，大漢直往水晶體使勁地吹。

「停！」一聲令下，各大漢歇下來，水晶體又挺得緊緊的。

「遠的！」大漢把活塞一拔，水晶體泄了氣，變薄了。

高飛覺得水晶體時而隆起，時而收縮，叫大漢忙得團團轉，十分有趣、好玩。

「近的！」又是一把聲音在喊。大漢毫不猶豫，貼近水晶體吹去。

「停！停！」上面的哨兵揮動望遠鏡，緊張得只管直喊：「不對勁！」

各大漢似乎發現事情不妙，都離開支架，肚皮鼓得圓圓的，後退了一步。

「那邊，放一點氣！」哨兵居高臨下，用望遠鏡視察。近處的一名大漢輕輕地放氣。

「好。」哨兵豎起大拇指，目光離開望遠鏡，到處張望，沉下臉：「是誰，是誰幹的好事？快給我站出來！」

4 闖下彌天大禍！

四周一片死寂，彷彿是暴風雨前低氣壓造成的窒悶。大漢怒目橫視，似要把破壞安寧的不速之客揪出來，好好教訓他一頓。

「究竟是誰？還不現身的話，讓我發現了，可別怪我不客氣！」站在高峯的哨兵說話兇巴巴的，事態似乎嚴重得很。

高飛和淑翩靠着牆，陷在角落，呼吸也屏住了。美麗的仙境，現在對高飛來說，是個快要爆炸的火藥庫。

淑翩見高飛滿身是汗，暗忖他知道自己闖了禍。剛才他貪玩，也叫了一聲「近的」。

淑翩用眼神鼓勵高飛自首，高飛的心撲通撲通地亂跳，一臉焦灼。他敲敲腦袋，深深為自己的惡作劇懊悔。禍由自己而起，一人做事一人當。

他倒抽一口氣，慢慢地站起來，百多雙眼睛馬上望過來。高飛站在高處，雙腿不住發抖，好像穩不住身子。

各大漢面面相覷，神色驚訝，都在交頭接耳：「哪是誰？真斗膽！」「好醜的小子！」

「喂，醜小子，你知道自己在幹什麼！竟敢模仿我們的最高司令，可真罪大惡極！」哨兵的聲音從千里之外傳來，嘹亮有力：「報上名來，屬於哪個支派的？」

「我……我叫麥高飛。」高飛的身子一陣顫動，看看身邊的淑翩，期期艾艾：「屬於白血球一族的……對不起，是我不好……」他誠意道歉，希望緩和敵對的氣氛。

「你倆給我下來！」下面有一名大漢叉着腰，指着高飛和淑翩喝罵。他倆只好沿着山坡，戰戰兢兢地往下走，來到水晶體旁邊。

「大漢叔叔，對不起，高飛剛才惡作劇，我們知錯了。」淑翩努力打圓場。高飛牙關打顫，弓着背，像小兔子一樣把頭垂得低低的，退到一旁去。

「你是白血球，我認識你！」大漢瞪着淑翩，態度十分不友善。他把臉一轉，斜望只及自己肚臍的高飛，二話不說，彎下腰去，捏住高飛的下巴，上下打量：「這豬八戒，到底是誰？倒沒見過面呢！」

大漢左胳膊一張，舉起高飛的身子，把他提到半天高：「小子，你可知道這會釀成大災難嗎？統帥的命令也敢模仿，欺君犯上，今天讓老子好好教訓你！」說罷舉起右手，勢將擊下去。高飛側着臉，身子癱軟沒有反抗，也沒有答腔。

「住手！不得對體內細胞無禮！」站在高處的哨兵嚷着：「把他放下來！看來是個少不更事的傢伙，觸犯了天條，但不知者不罪。」

大漢立即聽命，把高飛往地上摮，想放開的時候，卻給高飛黏住，像塗了橡膠。他只好不住抖動胳膊，又用唾沫搓搓揉揉，好不容易才擺脫了。

「麥高飛，統帥是最高的智者，他的言語是智慧之音。我們只能聽命，萬萬模仿不得，不然，會傷害人體的。」哨兵語氣嚴厲，但對着一個不懂事的小孩，也不想過於責難。他別過臉，長吁了一口氣，說：「唉！年輕的一代，有事不好好做，只會到處搗蛋，愈來愈不像話！」

「我看呀，他這種人，不知道有啥用？」剛才的大漢插進嘴來。

「你們別小覷人！高飛自有他的本領！他長得醜，卻沒有惡意；況且我們已經賠了不是，你們不該再奚落他！」淑翩很不服氣，為高飛申辯。

「好，告訴我，醜小子，你的用處在哪裏？」大漢向高飛瞪了一眼，擺出挑釁的姿態。

「……」高飛抿着嘴，說不出話來。

5 谷底異形

「近的！」統帥的聲音陡地從天而降，正好為高飛解圍。各大漢聞聲色變，趕緊各就各位，一時間沒有人再理會高飛和淑翩。

高飛和淑翩位處平台，往上望去，空中兩幅天幕間，出現了好些大字，光線從上而下，透過隆起的水晶體，往深淵投射。啊，谷底是一大片弧形的原野，光線聚焦在平原上，就可以把文字呈現出來，原野同時也披上不規則的網狀地毯。

哨兵遠遠在上面觀察，俯覽全景。水晶體緩緩隆起，投射的影像由朦朧變成清晰，哨兵跟着吹了一口哨子，「停！」

到了這刻，高飛和淑翩才明白，原來通過水晶體的膨脹和收縮，大漢就能把天外的光線聚焦在平原上，把原野渲染得色彩絢麗！

奇怪的倒是，高飛連一隻字也認不得了——原來每個字都上下、左右倒轉：逗號「，」變成了「‘」，「片」變成了「爿」，「士」變成了「干」。怎麼搞的？

「遠的！」不一會兒，又傳出這個號令。大漢剛吹過氣，把活塞一拔，水晶體又凹陷下去，接着窗框、樹木、海天，一個一個影像出現在平原上。嘩，好美的萬花筒！但是海洋在上，天空在下，樹上下倒立，景致好特別呢！

「喂，醜小子！這裏是眼球，我們負責控制水晶體，把外面的景象、文字投映到谷底，傳真給最高司令——腦袋。影像要絕對精確清晰，萬萬馬虎不得！剛才差一點給你害透了！」一個大漢累得氣吁吁，抱怨道。

「怎麼啦，還答不出我剛才的問題？哼！」那個分明想挑釁的大漢走過來追問。這時其他人也圍攏過來，七嘴八舌。

「不知道自己的作用，就去問啊！整天無所事

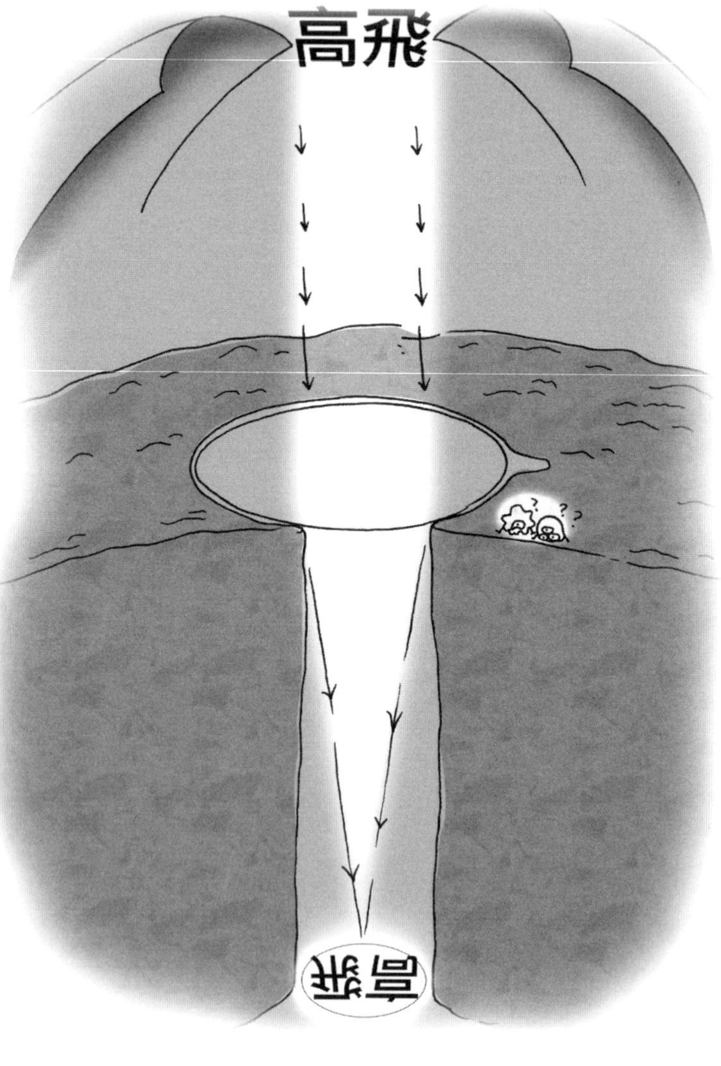

高飛

高飛

事，最終浪費了自己！」

「對。讓我提醒你，去問問智者，他什麼都知道！」

「我說呀！智者也不一定回答這種醜人！智者從來就是少說話，多做事！」

「哈哈，依我看，他又醜又黏巴巴的，可考起智者呢！」

高飛佇立一旁，緊握拳頭，沒有回應，淚珠在眼裏滾動；倒是淑翩義正詞嚴：「你們太不近人情，欺人太甚了！」轉頭拖着高飛，說：「高飛，來，我們走！」說罷一個箭步衝出去。

「走吧！走吧！別再麻煩我們！」背後一片哄鬧，夾雜着大漢的嘲笑、低罵。

「高飛，別理他們，他們根本不明白你！」淑翩忿忿不平，三步併作兩步，愈走愈遠。高飛的嘴巴像扣上拉鍊，半句話也沒說。

他們一勁兒地往前走。過了好久，高飛忽然煞住

了腳，問：「淑翩，你打算到哪兒去？」

淑翩好像沒想過這個問題，霎時間呆了，反問道：「你要往哪兒去？」

「我什麼地方也不想去，沒有一個地方是好的。我沒有用！每個細胞都嘲笑我、奚落我。」高飛賭氣地回答：「我寧願守在這裏，直到死去。」

不好了，高飛的自卑感又冒出來了。處處不如人的感覺，可以把他的志氣消磨淨盡。淑翩誠懇地說：「高飛，每個細胞都有用處。上一回，要不是你救了我，恐怕已凶多吉少。相信——」

「要相信你，相信你，對嗎？相信我這爛泥巴也可以爬上牆壁；相信木偶可以變成可愛的真孩兒；相信醜小鴨其實是天鵝，對嗎？淑翩，這世上根本沒有藍仙子。你不是我，不會明白我的心情！沒有人會認同我！」高飛激動得連珠炮發，淚水奪眶而出。

「不，高飛！」淑翩打斷高飛滔滔的話，她腦海閃過一個念頭：「高飛，我們可以去問問智者——那全知全能的統帥。他什麼都懂，或許他能道出你的用處來啊！」

高飛的腦子轉動起來，眼珠也在動，想想淑翩說的也是。

「來！」淑翩因為想出這主意，自己也有點得意洋洋。

「也許這是最後的希望了！」高飛心裏還是有些納悶。

淑翩鬆了一口氣，至少高飛現在還心存盼望，願意去尋覓和求救。如果他自暴自棄的話，可真糟糕呢！

顯微鏡下

眼球照相機

人體眼球的功能，與照相機很相似。**晶狀體**(Lens；即文中的「水晶體」)恰如照相機的透鏡。外界景物的影像會通過瞳孔（光圈），光線經晶狀體的折射，就把影像投影到視網膜（菲林）去。視網膜上的影像，與原來的剛好上下、左右倒轉。

不過，眼球和照相機有一點不同：照相機藉着透鏡的前後移動，把不同距離的景物準確地聚焦於菲林上；而眼球卻控制晶狀體的弧度，把光線投射到視網膜去。

富彈性的晶狀體，靠大約七十根韌帶牽引，像張開的手掌，掌心是晶狀體，手指是韌帶；而韌帶又連於肌肉，一張一弛都影響到晶狀體的形狀，以調校視野的遠近。

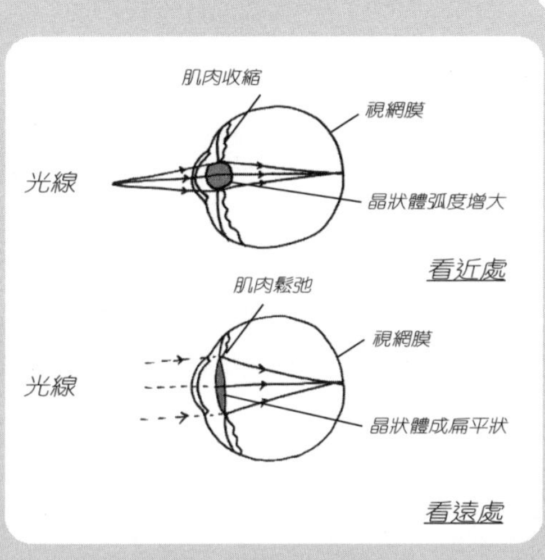

看近處時，位於外圍的肌肉會收縮，也縮短了外緣直徑，韌帶因而鬆弛，也叫本身有彈性的晶狀體鼓脹起來，把近處的景物清晰地投射到視網膜去。到遠景映入眼簾，外圍肌肉便會鬆弛，圓周變寬，韌帶給往外拉長，水晶體因而變得扁平。光線經過扁平的晶狀體折射，影像在視網膜上聚焦。

景物的遠近，叫眼球肌肉作出一收一放的調校，這就說明了，為什麼眼睛看近的東西久了會累；而極目遠眺，就可讓眼球肌肉鬆弛。

有趣的是，眼球如果沒有富彈性的晶狀體，每逢注視近物，就會宛如照相機的鏡頭往外伸長。那時，豈不是人人都變了「突眼怪」！

「老」毛病

晶狀體原是晶瑩剔透，人年紀漸老，或害了糖尿病等疾病，晶狀體就會變得混濁，視野模糊不清，有「白內障」的眼疾。

此外，晶狀體也會隨着人老去而逐漸失卻彈性。那時，看近處的物件，晶狀體會出現弧度不足，光線不能清晰地聚焦在視網膜上，形成「老花眼」。

各位讀者，要是你看見公公、婆婆老眼昏花，千萬要體諒啊，這是你我都會經歷的衰老過程呢！

機房重地

7 機器隆隆

高飛和淑翩折返，要尋找智者聲音的源頭。「近的！」「遠的！」，他倆沿着聲音的來源，依着這些號令前進。有時要左拐一個彎，右來一下急轉；有時卻要等上許久才聽到下一個指令。經過多番回旋，不知怎的，聲音卻愈來愈弱，最後竟完全聽不見了！

「嗯？怎麼沒有聲音了？靜得很呢！」淑翩和高飛的步伐愈來愈慢，側耳聽了好久，絲毫動靜也沒有。

「唉，看來我們迷路了。」高飛有一點氣餒。

他們東張西望，只覺外面了無生氣，要問路也有困難，沮喪得很。

「高飛，你感覺得到嗎？」驀然，淑翩神情有點不安，止住了腳步，語氣帶着焦慮：「發生了什麼事？」

「感覺到什麼？——」高飛打住了，也感到腳下

「咕隆、咕隆」的震動，一上一下，「咕隆、咕隆」「咕隆、咕隆」，很有規律。他身邊的水流也不安了，起起伏伏，像有暗湧似的——就如桌上有一杯水，你一下一下地敲打桌子，杯裏的水就緊張起來。

「是地震嗎？」淑翩輕聲問。

「看來有個巨輪在附近，一步一步地運轉。噓，小聲一點。」高飛站着不動，側耳傾聽。

「咕隆、咕隆」，聲音依舊，沒有增加，也沒有減少，規律得很，像是上了發條的機器，一圈又一圈地轉動。

過了好一會，高飛若有所悟：「唔，那是機器的聲響！我看附近有一台大機器呢！我們可以去看看，那裏一定有控制機器的人，也許他能幫助我們。」

「對！」淑翩的信心回來了，躍躍和高飛並肩前去。

他們愈往前走，音量愈大，待逼近聲源，還聽到「咿咿呀呀」、「咿咿呀呀」的雜聲，而地面震動的幅度也愈加劇烈。他倆在一扇門前停下來，那門看來

很笨重。

隔着門，從窗往內望，高飛看見一個偌大的廠房，裏面放着三台體積龐大的機器，比他們高幾百倍，像一幢幢高樓。機器一個連一個，齒輪一個扣一個，都在緩緩轉動——小的帶動大的，推動着一根一根的繩索和錘鍊，在槓桿上爬上去又滑下來；又牽引着一塊一塊的硬板子，上下移動。一件一件垂擺夾雜當中，有節奏地晃向左，又盪向右。各零件互相連接牽動，發動無窮的能量。

高飛和淑翩只見機器在轉動，卻不見操控的人。

「進去看看！」高飛像在喃喃自語，又像提出一個建議，逕自把門輕輕推開，一邊走，一邊叫嚷：「有人嗎？喂，請問有人嗎？」除了「咕隆、咕隆」的聲音，就聽不到什麼回應。

「喂，有人嗎？」他們東張西望，繼續往前尋覓。走着走着，陡地一把聲音劈頭而來：「小子是誰？怎麼會闖進來？」

2 巨人的錘子

三台機器的盡頭是一堵牆，擋住了去路。高飛把頭仰得高高的，右手按住眉頭，眼睛睜得大大的。啊，其實那可不是什麼牆壁，路口原來立着一個把關的薄膜巨人，比高飛高出七百倍。

那龐然大物瞟了高飛和淑翩一下，什麼也沒說。他拿起錘子，使勁敲動面前的機器，錘子打在板子上，叮叮噹噹，發出巨響。每打一回，身子便前後擺動，很費勁的樣子，臉上汗水直淌。

巨人渾身是勁，和他薄薄的身子很不相稱；錘子敲着板子，來來回回，發動了引擎，轉動了齒輪。轉動的輪子，就這樣帶動了其他機器。

「這裏是機房重地，閒人免進！你倆闖進來，沒看見門上的警告字眼嗎？眼睛長到哪裏去了？」「薄膜先生」居高臨下，瞅着他們，板起臉孔，怒氣沖沖。高飛和淑翩剛才只顧留心有沒有人，竟沒注意門上的告示。

「對不起，我們不小心闖進來。」高飛賠了個不是，接着道出來意：「薄膜先生，請問這裏一帶可有一位通曉一切的智者？」

巨人向下看，盯着高飛，眼珠子足有高飛身軀的兩三倍；眼珠子這一刻往左溜，下一刻又往右轉，睥睨了好一回，才張開嘴巴：「你是真的笨，還是裝傻？最權威的智者也不認識？虧你還長了眼珠兒！」說罷眼珠子左右打了一圈，交換了位置，沒好氣地說：「唉！看你，傻兮兮的，不曉得腦袋是不是也長了蟲？」他隨手敲敲高飛的腦袋。

薄膜先生別過臉去，身體一搖一晃，又再敲動板子，叨嘮着：「憑你這般資質……我看呀，你還是行行善，別打擾他老人家吧！」

淑翩一時氣憤，上前提腿往薄膜先生的腳趾踢下去，高聲叱喝：「你不回答也算了，老是這樣取笑人家，這算是什麼態度？」

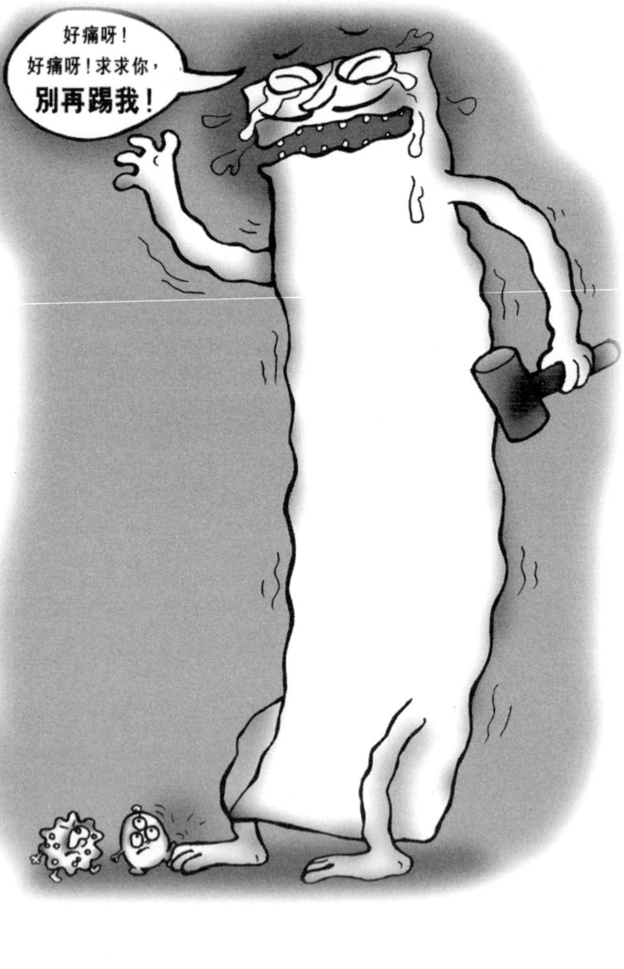

好痛呀！
好痛呀！求求你，
別再踢我！

「哎喲！」薄膜先生發出一陣哀鳴，眼睛緊緊眯着，眼角的皺紋像兩把打開的扇子，淚水流得通臉都是。「好痛呀！好痛呀！求求你，腳下留情，別再踢我！我頂怕痛呢！」

淑翩很驚訝，沒想到在薄膜巨人面前渺小的自己（是的，淑翩只及巨人七百分之一高，直像螞蟻來到人面前），只須隨便踢踢他的腳趾，卻可叫巨人直喊救命。哈，這巨頭高高大大，連輕輕一腳也抵受不住！淑翩不禁掩嘴竊笑。

「我叫淑翩。他是高飛，我的朋友。」淑翩站在薄膜巨人面前，語氣嚴肅得很：「你要向高飛賠不是，還要告訴我們智者在什麼地方。」她邊說，邊佯裝把衣袖捋起來，準備揮拳再揍他一頓似的。

薄膜巨人見狀，驚慌萬分，嘴唇也顫抖起來，求饒道：「別，別再來，老子怕痛！對不起，高飛。我說，我說，智者就在前面。你們只要沿着槓桿的繩索前行，就會找到智者。」

「謝謝你。」高飛原諒了薄膜巨人：「還沒有請教高姓大名。」

「我叫田鵬里，」薄膜巨人弓腰，說：「飛鵬萬里。我耳膜的工作是打鼓，外面傳來的聲音令空氣震盪，搖晃我。我接收了這種感覺，就往板子上敲一下，移動中耳區的那三塊軟骨。」他指着那三台機器，稍頓，說下去：「就這樣，我把聲音造成的氣體震動，轉化成機器的動力，傳到千里以外。」

「鵬里鵬里，真是名副其實！」高飛拇指一伸，倏地靈機一動：「唔，沿着機器的方向，可以到達智者那裏。難道你就是用這個方法，把空氣顫動的信息傳遞給智者？」

薄膜巨人把眼一瞪，又眨了幾下，很詫異的樣子，說：「看來你倒不笨呢？哈哈，對！我每敲一下，空氣的壓力便隨着機器傳送出去。到了遠處，壓力會遞增二十多倍呢！就是這樣化成能源，傳給智者。告訴你，這便是中耳的功能了。你說這些機器奇特不奇特？」

高飛和淑翩看看那三台機器，很讚歎的樣子。

「謝謝你，鵬里，時候不早了，我們要走啦！」淑翩和高飛沿着機器的方向退去。

「順着機器傳遞的方向，便可以找到智者了。記着啊！小子，你們還沒告訴我，到智者那裏幹啥？」薄膜巨人在背後嚷着。

高飛回過頭來，答道：「我要問他：我是不是一個沒用的笨瓜！」

「肯定你不是笨瓜！哈哈。」巨人目送着高飛和淑翩離去，朗聲道：「至於你的用處，等你自己好好去發掘吧！」

淑翩和高飛手牽手，輕鬆地沿着一台一台巨型的機器前行，那轉動起跌的齒輪和桿子，在他倆身邊過去了。想到快可以請益智者，他們興奮莫名。高飛心裏火熱，殷殷期待，能知道自己的用處，多好！

顯微鏡下

耳朵傳音的祕密

鼓膜（Tympanic membrane；即文中的「田鵬里」，俗稱「耳膜」），是分隔外耳和中耳區的一層薄膜，直徑約有 1 厘米。

聲音震動空氣，經過外耳，推動鼓膜前後搖擺；而鼓膜就迫壓緊貼中耳的三塊小骨。鼓膜的活動挪移小骨，層層相扣，在槓桿效應下，鼓膜的壓力會增加 22 倍，傳至內耳。這壓力接下來刺激內耳的神經末梢，空氣震盪的動力就轉成神經脈衝（Nerve impulse），沿着神經纖維，高速抵達人腦，人就是這樣聽到了！

原來聲音的傳遞，得經過一連串精密的步驟，才能讓人接收到呢！

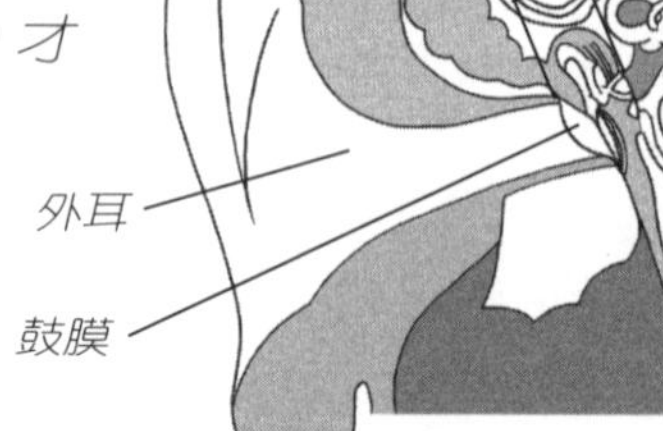

要是鼓膜破了……

鼓膜非常敏感，外加的一點點張力，已足叫人疼痛不適。如果中耳發炎，中耳區會化膿。膿水不單阻礙聲音傳遞，還會壓迫鼓膜，令它鼓脹起來。難怪害了中耳炎，人會感到不舒服。醫生會用儀器探照病人的耳朵，檢查鼓膜可有隆起來，以診斷中耳的情況。

中耳炎到了後期，可能造成鼓膜破損。要是鼓膜破了，膿水流出來，病人的聽覺反而會好轉，疼痛也會減輕。箇中道理，你可明白嗎？答案在本頁找。

答案：中耳發炎，膿水會妨礙中耳小骨的活動。膿水一流出，聲音傳遞得到改善；加上中耳區的壓力減少，鼓膜不再受壓，病人自然感到痛楚舒緩。不過，即使如此，害了中耳炎，還是要看醫生，檢查發炎原因，好對症下藥。

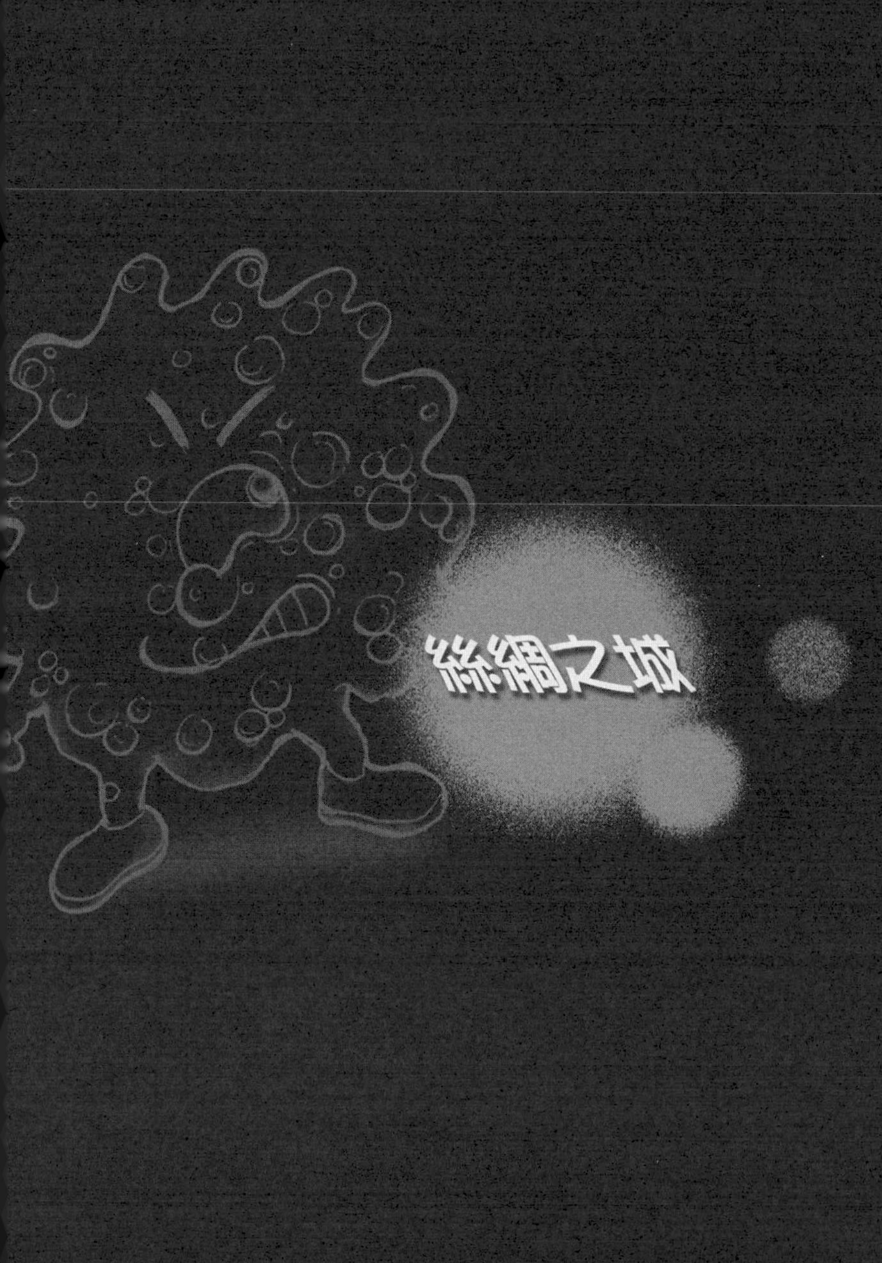
絲綢之城

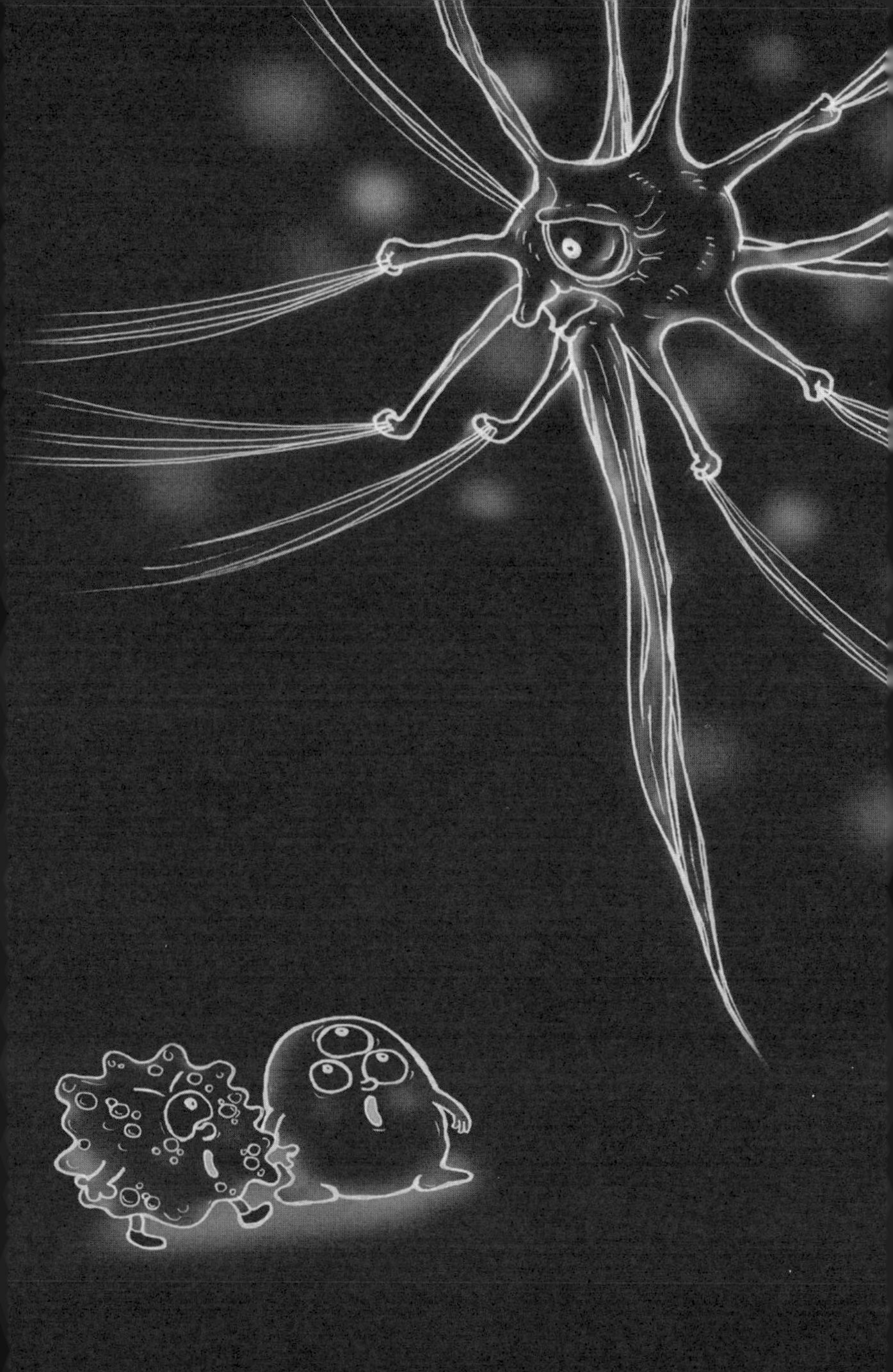

1 光團追蹤

「唷，真想不到巨人是個怕痛鬼！」淑翩在路上想起鵬里，禁不住傻笑，撓撓腦勺子，說：「唔，剛才我是不是太兇了？」

「你張牙舞爪的樣子，令人想起老虎！」高飛瞟了淑翩一眼，扮個鬼臉，還把手張開，裝成虎爪。不過下一刻，高飛已趕緊跑開，撇下背後揮着粉拳的淑翩。

就這樣，他們走過一台一台大機器，來到盡頭。那兒有一堵牆，上面寫着幾個大字：「歡迎光臨——絲綢之城」。越過城牆，高飛和淑翩就進入了另一個國度。

巨牆是疆界，把兩個地方分隔開來。屬於中耳範圍的機器就靠在圍牆的後面，高飛、淑翩剛從那邊走過來。薄膜巨人敲在板子上的壓力，到了這裏，已加壓二十多倍，推動了整堵城牆——城牆就這樣來回移動。圍牆的這邊，卻是另一番景象。絡絡白色的絲線，附在牆壁上，像柔柔的眉毛纏在一起，向外延伸。牆壁一移動，就出現紅色的光團，一個接一個，沿着輕絲，高速地向四方傳送開去，宛如保齡球在球道上奔馳。

「嘟——嘟——」每個光環經過，都會發出聲響，像心臟量度機上跳動的粒子。

高飛和淑翩四處張望，尋找生命氣息，但只覺周圍冷冰冰的。那不是指氣溫，而是內心的感覺——縱橫交錯、銀白色的絲線漂浮空中，配上偶爾來去匆匆的光球，營造了強烈的冰冷感。高空懸着一面紅色的警告牌子：「危險！高壓鋼線，請勿觸摸！」

「智者在哪裏呢？」高飛很焦急，目光不曉得該停駐在哪兒；糾纏不清的線，恰似高飛埋藏的心結——不知道生命何去何從。

「高飛，薄膜先生曾說，他會把空氣震動的信息告訴智者。看來他的信息已化成光團。我們只要追隨

這些光團，不就可以到智者那裏去麼？」淑翩這樣想。

高飛回答：「這個也是道理。」於是，他倆停下來舉目眺望，像站在地球的一隅，面向浩瀚星際——深邃、不能測透。許許多多的光球，在身邊流逝，是劃破長空的隕石，往一望無際的洞穴奔馳。究竟哪一顆彗星，才能領他們到智者的地方去呢？面前的網絡，錯綜複雜，綿延不斷，似通往一個他們理解不來的世界。這刻，高飛和淑翩只覺得自己渺小得很，仿如滄海一粟，不期然靜默下來。

高飛和淑翩呆站了一會，最後高飛打破緘默，帶點孤注一擲的口吻，說：「不如我們隨便跟一個光球前去，說不定『條條大道通羅馬』呢？」

淑翩點點頭，剛好一個光球往左邊掠過，他們便馬上跟過去。

不過光團實在跑得太快，他倆根本趕不上，只好另跟上一個光球；但瞬間，又走丟了。

這樣，不知道跑了多久，他們發現那些光球的軌跡起了變化：起初網絡往四方散去，愈往前走，光球的方向愈凌亂，來去無蹤；有的像往自己衝來，有的又往另一邊退去。每次光球來襲，他們都要低頭躲避。

再往前去，光球的方向又不一樣了。它們大致向一個相同的地方奔馳，彷彿準備在星空中匯聚。數以萬計的光球，似是萬個歸心的箭頭，從四方八面趕來凝聚一起。高飛和淑翩都有一股強烈的衝動，想找到那個聚攏中心。那會是智者的宮殿嗎？

咦，隕石如百鳥歸巢般，軌跡愈靠愈近，在不遠處拐了一個彎，看樣子就在前面相聚！

高飛和淑翩連忙朝着隕石拐彎的地方趕去。

電殛！

拐過角落，兩人一看，呆了，心裏暗叫：「嘩！」頭上的夜空，綻放着七彩斑斕，絢麗繽紛。他倆就像電影裏的主角，在黑夜遇見炫目的不明飛行物體，強光把他們的臉龐照得發亮；又好比廣告裏打開存摺本子的青年，臉上閃爍着金黃。但眼前的色彩豐富、美麗，比下了一切。

夜空中，離兩人不遠的地方，有一幅很大的銀幕，一個一個光球投在上面，消失了，卻點點滴滴繪成一幅山水景致：藍天、白雲、揚帆的船、明媚的陽光！這一切，他們都似曾相識，當下卻由眾多彗星，在漆黑的天空重組起來，仿如天空之城。如果你到過什麼遊樂場，見過激光投射在星空上的圖案，一定會明白這情景！

高飛想起了水晶谷的經歷——那谷底原野上的圖案，以及吹氣大漢的話：我們負責把外面的景象傳真

給最高司令。 還有薄膜巨人的解釋：空氣的顫動會化成能源，傳給智者。高飛有點明白過來。他們已到了信息傳遞的終極，置身智者的國度。這就是人的腦部。

高飛、淑翩凝神觀望，那千千萬萬的光環又湧過來了，景色瞬息改變——山水畫變成一帖字；晃眼間又換成另外一頁。字體變了，還夾雜着紙張翻動的聲音，圖文音色都有呢！

那些字不再左右上下倒轉，而是清清楚楚地端立着。光球把谷底倒過來的字，修正整理，重新呈現在空中。

晃動的字體如今不再吸引高飛，他把目光折開，到處瀏覽，彷彿要從千絲萬縷的軌跡背後，窺探幕後真正操控的人。

看啊看，他仔細尋索，觸及的只是深邃的黑暗，以及穿梭的白色柔絲，了無生氣。這一切，不能告訴他什麼，光球冷冷的仿似嘲弄的眼睛，睥睨着，沒透露半點端倪。

寂寞無聲，一股惆悵在身邊冒起，如煙一樣，好濃、好濃，籠罩着他。夜空浩瀚，高飛只覺無盡的沮喪，世界之大，卻容不下他的夢想。

高飛的心像鉛般墜下深谷，眼眶凝住淚水。面對沉默的宇宙，無力又無助；最後，高飛近乎崩潰地大喊一聲，使勁地往縷縷的白色絲線踢下去。

這一踢非同小可，一陣電殛，自腳尖處流向全身。高飛來不及反應，身子已「隆」的一聲，像炸藥般飛彈開來，迅速昏厥過去。

高飛迷迷糊糊地給拋到半空，飛呀飛，輕飄飄的宛如靈魂。他是死去了嗎？高飛如置身夢中，沉沉地睡去了。

高飛下意識覺得自己在空中轉了又轉，「撲通」一聲掉到地上，又昏睡過去。

他不知躺了多久，矇矓間隱約聽見淑翩驚叫：「高飛，你怎麼了？醒來吧！」

高飛睜開雙眼，發現自己沒有死去，看看身邊的淑翩，笑了一笑。他晃頭晃腦，似想到處張望，緩緩地支起半身，掙扎要站起來。啊！一絲絲的白色鋼線都不見了，自己倒置身許多石像當中。不，石像原來都是盤坐的長者，遠遠望去，像是一片灰色的土地。

不遠處，安詳地端坐了一位老翁。他直着身子，神采出眾得很。在昏暗的燈光下，他閃爍着威嚴睿智的光采。

「我看見他了！」高飛瞄着老翁，嗓子壓得連咫尺相近的淑翩也幾乎聽不見。

高飛沒等待淑翩回應，已一步一步往老翁那裏走去。他的心狂亂地跳，熱切的期盼已吞沒了他。

3 長鬍子飄飄

老翁起碼活了快二十個寒暑，乾癟的臉龐烙下了深刻的皺紋，重重疊疊，像龜背的硬殼。斑白稀疏的頭髮，迎風飄曳。他合上眼睛，臉容慈祥地盤坐着，身子比高飛大十倍，遠看就如一尊巨大的石像，聳立地面。

高飛和淑翩一步一步走近，繞到老翁前面，一看，噢！原來老翁只有一隻眼睛，頭很大，有點像「M&M巧克力」的卡通人。他頭的四周伸出許多手掌來，有好幾千隻呢，像蜈蚣似的；每隻手都窩住一根

輕絲的末梢。老翁下巴還長着一綹很長很長的鬍子，從下巴一直伸延到無垠的遠方，在空中飄來盪去。啊！原來空中的絲線，是老翁許多的美鬍子呢！

每次光球沿着絲線流到盡頭，便會給老翁抓住。老翁把光球一個一個吸收。好幾千個光球在老翁的臉上滾動、組合，成為另一個光團，再沿下巴滑下去，順着美鬍子輸往別處。

高飛靜靜地肅立、仰視，給老翁的尊顏深深吸引，心裏不禁油然生畏。老翁一直沒張開眼睛，他就直勾勾地看着對方，很想詢問自己的一切。但不知怎的，這刻高飛卻緘默了。內心縱然焦灼不安，但一接觸到老翁的慈容，便驟然鎮靜下來。

高飛和淑翩佇立良久，直到老翁陡地意識到什麼，才緩緩睜開眼睛。

白髮老翁精神矍鑠，眼睛有高飛的體形般大，炯炯有神，圓圓的眼珠子注視着他倆，彷彿能洞悉一切；目光掃過來，高飛和淑翩不禁打了個哆嗦。

「小兄妹。」老翁莞爾，聲音深沉而帶着威嚴，跟在水晶谷聽見的那聲音很相似。他稍頓，捋了一下自己那把長長的鬍子，說：「你們等了這麼多個時辰，大概有很重要的事情，要跟我說。有什麼問題，儘管說啊！」

啊，原來老翁早已知道高飛、淑翩的存在，只是一路在閉目養神。看來，他倆的誠意感動蒼天了。

4 指點迷津

高飛戰戰兢兢，道：「智慧老人，我叫麥高飛。這是我的朋友，劉淑翩。我們魯莽闖進來，打擾你老人家，不……好意思，請你老人家……見諒。我……其實……」高飛吞吞吐吐，彆扭得很。

淑翩見高飛臉色青一塊、白一塊，就不再遲疑，開門見山道：「智慧老人，我們遠道而來，只想問一個困擾了高飛很久的問題——他不明白自己生在世上，到底是為了什麼？」

「小子，我當初也不知道自己為什麼有這麼多的手；也不知道為什麼長了這長長的鬍子。」老翁不徐不疾地說：「現在我卻明白了。我的手是創造主精心的設計，不多也不少；鬍子的長短也恰到好處。」

高飛感到莫名其妙，他來求問自己的用處，老翁不但沒開他的竅，還自說自話，把他弄糊塗了。

高飛默默坐着，希望老翁還有別的話，但老翁沉默了好久，又緩緩把眼皮合上。

無言無語，也無聲音可聽。只見一個一個光團在遠處移動，又隱約聽見微弱的天籟來了又去。如此複雜的軌跡，正是由智慧老人輕柔柔的鬍子交織出來的。高飛在寂靜中用心思考，一切又像有了頭緒。

高飛感到一陣釋然，但心裏還有一個問題盤旋着：「智慧老人，請你……請你告訴我，我滿臉瘡

疤，究竟有它的意思嗎？求求你，回答我，好嗎？」

老翁還是那老樣子，沉默不言，那死寂像沒完沒了。高飛正要放棄，老翁卻再開腔，口裏念念有詞：「高飛，難道你會比我的手和鬍子還小嗎？」

又是一陣沉默。

淑翾一直在高飛身旁聆聽，漸漸悟出話背後的玄機：「智慧老人，高飛願意發掘自己的用處，並且實現出來。他該怎麼辦呢？」

智者合上眼，冥想一會，喃喃吐了一句：「尋找的，就得尋見；叩門的，門就會開。」

接着，白髮老翁拿出一根棒子，向遠處一揚，再用指尖一點，那裏就出現了一扇門，上面端正地寫着：「絲綢之城——腦部出口三」。

老翁再次閉目，回復沉默了。

「謝謝你，智慧老人，我明白了。」高飛茅塞頓開。那扇門，像開啟了他的心，領他前赴一個不知名的地方。那個出口正是領他進入另一境地的關卡。

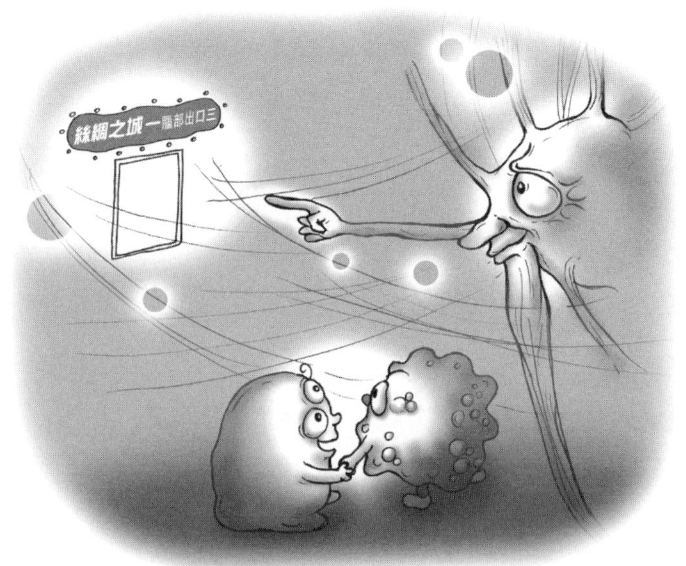

「高飛，我們快去看看吧！」淑翩指向遠處。

「對。」高飛旋即跟淑翩一衝而上，沿着那綹美鬍子前進。

漸漸地，老翁和銀幕都退到身後的遠方，只有光球在身旁經過，陪伴他倆。高飛心想，每個光團都有它的軌道，他自己的方向可漸見明朗？

路程並不太長，但高飛捺不住心中的興奮、焦

急，總覺得道路彎彎曲曲，走不完似的。不過，許多困難都挺過去了，面前這小小的難題，又怎會阻礙他前進呢？

5 惟一出路！

高飛、淑翾來到門口，停下來。淑翾找不到門把，試着使勁地推，門還是緊緊關上。她好生猶豫：嗯，這門怎搞的？也不知道該往左推，還是往右拉？心裏一陣懊惱。

還是高飛靈光，他上前，輕輕敲門，門就自動打開了。啊，原來它的開關在上面，大門緩緩地降下來，儼如一道吊橋！這時，傳來一把聲音：「叩門的，就給你開門。」智慧老人的話果然沒錯。

門向下打開，形狀就像一塊地毯，軟綿綿的。高飛和淑翩走在上面，走完了，門就「咿呀」一聲自動關上。這時又傳來另一把聲音：「歡迎光臨絲綢之城，請下次再來。祝旅途愉快！」

淑翩回頭，只見那扇門向她鞠躬，又現出一雙眼睛來，嘴巴上下開合：「女孩子，下次謹記敲門啊！光靠自己的力量推門是不行的！剛才推得老子好痛，骨頭也快要鬆脫了！」門老頭舒展了一下筋骨，敲敲自己的肩膀，又揮揮手，說：「再見，有空再到腦袋來玩吧！」

淑翩尷尬地搔搔頭。門老頭笑聲朗朗，眼睛眯成一線，身子向下一彎，使勁地往後翻騰，門一躍起、倒轉，呼的一聲就在眼前消失了。

這時右邊出現了一個路標，上面刻着：「這邊走！惟一出路！」

高飛和淑翩便朝着箭頭的方向邁進。

有空再來玩！
惟一出路！

腦子的信息速遞員

腦部是人體最複雜和神祕的地方，主管人類的感知、活動、思考、記憶和內分泌等。

人腦有超過一千億個**神經元**（Neurone；即文中的「智慧老人」），但分佈得出奇地井然有序，主要集中在近腦部表面的「灰質」區域。一個神經元可接收的資訊，由幾百到二十萬種不等。信息經過分析，會由細胞的另一端傳遞開來，再連接其他細胞。網絡縱橫交錯，極其精密。

神經元的形狀像蝌蚪，尾巴是輸出信息的軌道，是信息的速遞員。神經元的尾巴可以長達一米。按比例來說，如果人體有一米八的身高，而神經元就如這般大小的話，那麼它尾巴放大倍數的長度，足可以來回上環至筲箕灣一趟呢！

每時每刻腦部都在接收許多不同的信息。有趣的是，九成多的信息都會給潛意識刪除。腦子認為「有用」的信息，其實不足百分之一。比如說，你不會留意屁股正貼坐椅上。身上穿上厚厚的衣服，皮膚也不會有與衣物接觸的感覺。又或者你專心工作，外面有汽車經過，你也「充耳不聞」。

腦子到底怎樣過濾這些「用不着」的信息？對不起，到目前為止，還沒有人解答得來。

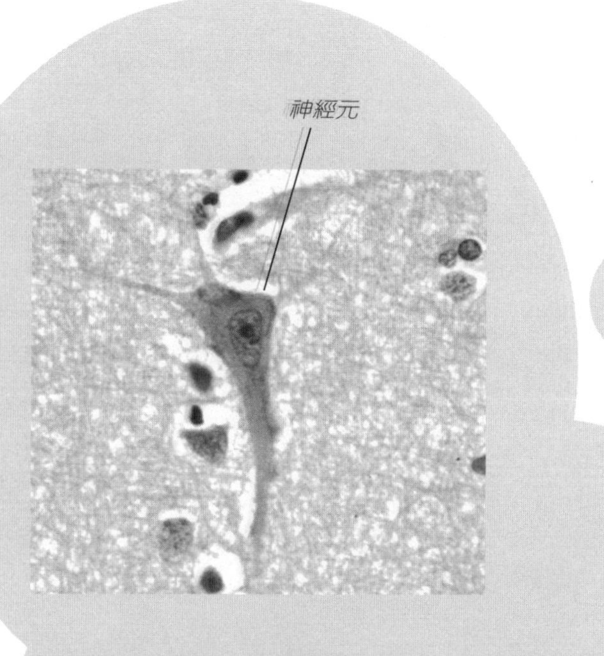

人體的構造，可真奧妙呢！

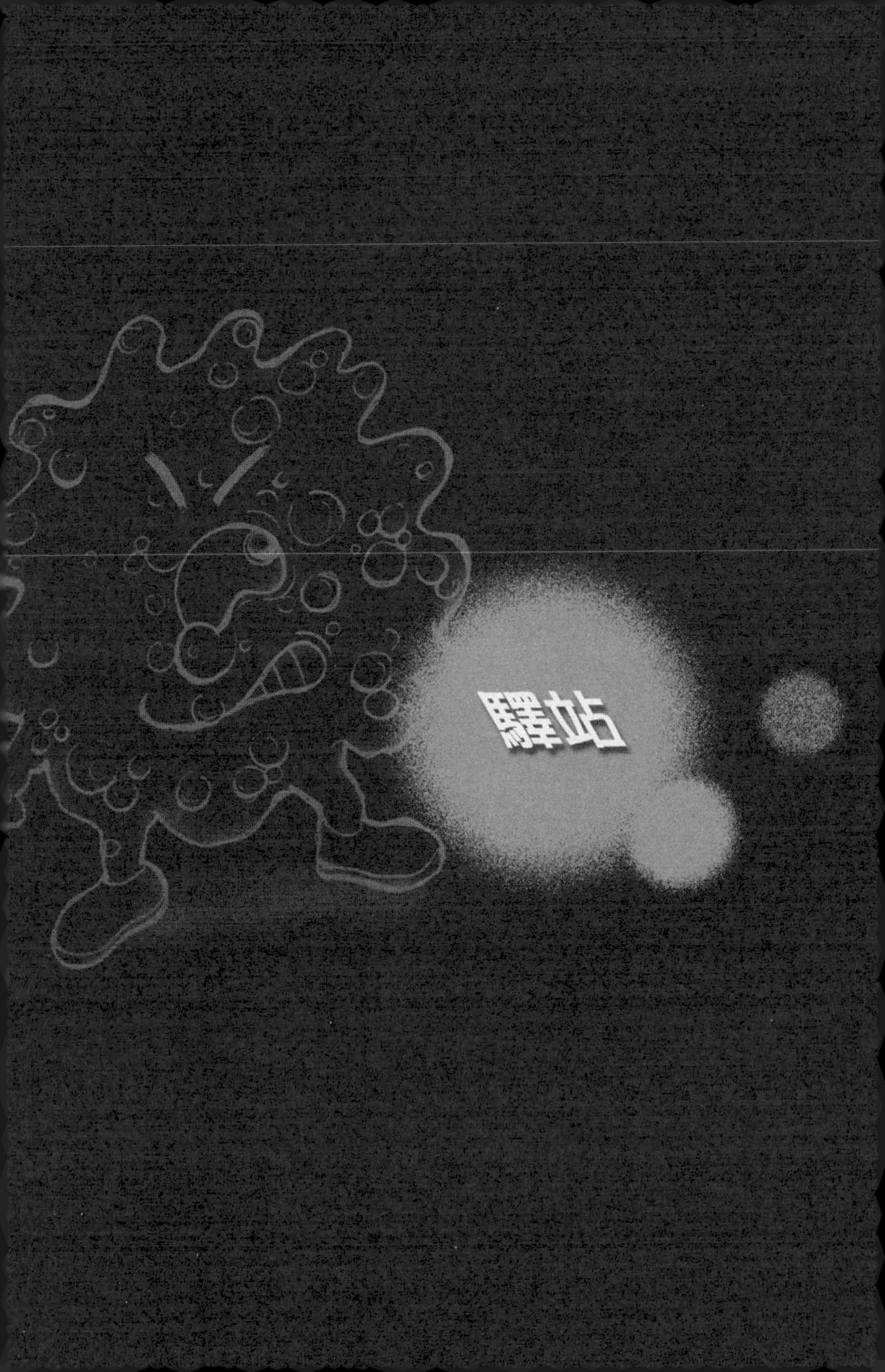
驛站

7 隱藏的祕密

高飛和淑翩走呀走，四處一片荒蕪，灰灰暗暗，有點詭祕陰森。每走一段路，都有標示指引。高飛和淑翩就這樣拐過一彎又一彎，繞着羊腸小徑，走了好一會兒。

最後他們來到一個路口，路標清清楚楚地寫着：「驛站方向，距離一公里。」

他倆盯着標示，大惑不解。驛站是什麼地方呢？這裏荒蕪幽深，像有什麼驚險詭異的事情快要發生。

他們一路往前行，四周的景色漸漸起了變化。路旁出現一株株樹苗，枝幹幼小。最初的排列很疏落，到後來樹苗與樹苗間的空間愈來愈小，樹身也愈來愈高。其實那也不再是樹苗啦，樹幹粗得直是高飛腰圍的三、四倍，枝葉茂密。深綠色的樹葉，像巨傘一樣，遮擋了天空，環境更見陰暗幽深。愈往前走，高飛和淑翩就愈害怕。淑翩的手牢牢抓着高飛的膀臂，高飛只覺得她的掌心冒汗。前面的路幽黑一片，十多步以外的景色，都像塗了墨一般。

「高飛，你⋯⋯害怕⋯⋯嗎？我⋯⋯真⋯⋯真有一點⋯⋯害⋯⋯怕。」淑翩慌張得很，眼睛到處打轉，聲音抖顫。

高飛沉默不語。淑翩偷看他一眼。他目光堅定，一副勇往直前的模樣，斬釘截鐵地回答：「不，我肯定前面有路，智慧老人的話準不會錯。」

高飛就是這個樣子，一下子可以沮喪到自暴自棄的地步；但有所堅持的時候，卻又什麼困難都不怕，非達到目標不可。

「來，淑翩，沒有人能欺負我們。」高飛勉勵淑翩走下去。

走了好一段路，前面的幽暗處突然出現了一片平台，景致開朗多了。平台上聳立着一座城堡，城堡四周都是圍牆，有好幾道柔弱的燈光，上上下下來回地照射着，牆壁上的花紋更形突出。高飛所見的，跟矗

立在漆黑天幕下的迪士尼樂園古堡，確實有點相像。

在微弱的光線下，只見左邊有一河道，通往城堡。河裏正浩浩蕩蕩來了一羣單眼小子。他們體積比高飛略小，眼睛滾圓，正魚貫進城。

高飛在幽暗的角落靜靜地觀察單眼小子的行列，又凝目注視城堡。不知怎的，在心深處油然冒起一股強烈的慾望，想進城堡闖闖。那兒彷彿隱藏了一個祕密，向他召喚，要他把答案找出來；而這答案又牽繫着高飛的一生。

2 心願葉

「淑翩，淑翩。」高飛想要把自己的發現告訴淑翩，但一轉眼，淑翩已不見了。

他不禁緊張起來，馬上在附近找尋她的蹤影。他不敢大聲呼喊，怕驚動人，心裏正慌亂之際，淑翩卻不知道從哪兒跑出來了。

「來，高飛，我帶你去看看！」儼如有什麼偉大的發現。

淑翩領着高飛走到十多步以外，哪兒有一株高大挺拔的樹，樹幹直往上長，樹枝既壯且密，掛滿葉子，把半邊天都遮蓋了。真的，許多葉子是「掛」在枝幹上的；奇怪的是，形狀各不相同，有別於樹原生的葉子，有的更已枯乾變黃。每片葉尖都繫上一根幼草，葉柄就懸着一塊小石頭；樹葉就高高低低掛垂在枝頭上。

再細看，原來每片葉子都寫上字呢！

「河水太污濁了，希望離開城堡後，河水會回復清澈。——大眼怪」

「我身體大概不行了，這是我最後經過的驛站吧？——老爺」

「噢……不知道在裏面會遇上什麼歷險？看來有些恐怖，像鬼屋一樣。——怕死小雞」

「我不要死掉呀！還有許多有意義的事情，待我完成！——希望小子」

樹幹上刻了「驛前絮語」這四個大字。路人經過這裏，用落葉寫下自己的心願或感受，然後繫上一根草，綁上一塊小石頭，擲到枝頭上。一葉一葉的字句成了濃蔭，把天空都遮蔽了。

「來，讓我們試試看！」淑翩躍躍欲試。

高飛和淑翩俯身撿拾落葉，想挑大片的。高飛拾起一大片黃葉，上面寫着：「『我們是朋友，我不會害你。』小心小心，我差點受騙呀！——笨小子」

他不明白這話的意思，隨手扔掉了，找另一片。

驛前絮語

「有了！」淑翩拿起一片葉子，像找到什麼寶物似的；高飛馬上「嘘」的一聲回應。

他倆肩並肩地坐在地上，用指頭沾了一點地上的泥巴，打算寫下自己的願望。

「我要高飛！高及天際。」高飛毫不費勁，便寫下了心願。

淑翩反而磨蹭了好一陣子，寫好了，就小心地繫上草和石頭，又吐了一口唾沫在上面，讓它軟化。接下來，她把葉子對摺，讓葉緣的鋸齒交叉緊扣，像魔術貼般卡住、貼緊，真夠細心！

「你寫了什麼？」淑翩問。高飛笑了一笑，把葉子遞給她看。

「你呢？」高飛佯裝考試作弊的模樣，探頭窺看。

淑翩趕緊把葉子藏到背後，神祕兮兮地說：「哼，不可以讓你知道，這是我的私密！」

「不公平！不公平！」高飛蹦蹦跳，大聲叫嚷。

淑翩把食指按在唇上，噓的一聲。

他們雙手合十，默禱一會，便把葉子擲到枝頭上。石頭帶着葉子，上升、上升，在半空打了一個轉，最後落在枝子上。「哈，我的比你高！」淑翩拍掌大笑，雀躍得很。

「啊！你的氣力可不小呢，真看不出來！」高飛用手按住前額，看看垂在半空的葉子，又盯着淑翩的胳臂和雙腿：「怪不得你踢鵬里和推門老頭，惹得他們哇哇大叫呢！」

「你要不要見識見識本小姐的厲害？」淑翩馬上捋起袖子；高飛也連忙轉身，一個箭步退開來，卻冷不防與一個單眼小子碰個正着。兩人打了個踉蹌。

「對不起，」高飛馬上扶起單眼小子；單眼小子眨眨眼睛，打量着高飛。

單眼小子端詳了高飛好一會兒，有點遲疑，道：「你，你是麥高飛嗎？」

高飛怔怔地站着。打從那天的畢業禮起，許久沒有人直呼他的名字了 。

「你是？……」高飛問。

「這兒是淋巴腺。我是這裏的守衛，李科濟。」單眼小子把帽子脫下來，弓腰，道：「剛才我聽見樹林那邊好吵，所以來看看。」

「這是我朋友淑翩。」高飛見淑翩走來，忙不迭介紹，又道：「你怎麼知道我的名字？」

「高飛，真好，終於跟你見面了。」單眼小子難掩興奮之情，答非所問：「真可惜我有任務在身，不能和你詳談，帶你參觀城堡。來，你們快進去，裏面有許多人等着呢！」

高飛頓然感到自己成了一個大人物，有點受寵若驚，不知所措。單眼小子只顧匆匆趕在前面，走近堡壘，把大門旁邊的小閘門打開，像歡迎什麼重要人物，站得挺直，再行個禮，說：「請從這裏進去，不必排隊了。這樓梯雖然稍暗，卻是通往城堡的捷徑。不好意思，高飛和淑翩，不能多陪你們了，我還要把關呢！」

單眼小子在背後把門關上，走回大門口，在那裏指揮進城的交通。

3 大人物，歡迎！

「嘩，高飛，原來你是城堡的大人物！」淑翩的語氣帶着揶揄。

「別取笑我了，我真的不知道這是什麼一回事呢！」高飛回答道。樓梯幽幽暗暗的，他們沿着螺旋形的樓梯拾級而上，愈走愈黑。

「好崇拜你呀！簡直像哈利．波特初上學的時候，真人不露相！」淑翩好像還不想放過高飛。

「我哪比得上哈利．波特。他好帥啊！」高飛白了淑翩一眼。這一瞪，淑翩在黑暗裏是看不見的。

「你懂魔法嗎？如果你可以飛來盪去的話，就好了，犯不着這般辛苦，跑這道長梯。」淑翩看來興致很好，還在開她的玩笑。

「魔法不是好東西，迷惑人心。別提。」高飛認真地說。

高飛快來到樓梯最後幾級，卻忽然煞了腳步。淑翩沒提防，半個身子撞向高飛懷裏，嚇得她大叫一聲。高飛笑笑，說：「你再取笑我，我就不理睬你！」

高飛心情緊張得很，急不及待想知道一連串問題的答案：這到底是什麼地方？為什麼有人認識他？還有人在等他？

4 垃圾城堡

高飛和淑翩來到梯級的盡頭，前面是一條灰暗的甬道，盡頭透進微弱的燈光。不，這該是一條垃圾巷子。看，地上滿是污水、油漬，還堆積了不少廢紙、渣滓和泥巴般的垢物，陣陣發霉的味道混着魚腥的惡臭，撲鼻而來。高飛舉步維艱，一不留神，摔了一跤，屁股沾得黑黑的，而且滿身異味。

高飛緊捏鼻子，想急步越過巷子，心裏不禁咒詛這個地方。

高飛設法把身體緊貼牆壁，想沿着牆壁走，好快速逃去；不料牆上也有油漬，叫他更揩了滿身油污。他心裏一急，又踉蹌栽在地上，沮喪不已，賭氣地埋怨：「這個鬼地方！」

淑翩反倒鎮定，耐着性子一步一步走過去。她扶起高飛，鼓勵他說：「我們慢慢走，總會走到盡頭！唉，這裏好骯髒呢！」

外面看來莊嚴雄偉的堡壘，竟是「金玉其外，敗絮其中」的垃圾站！

更失望的是，他們愈往前走，垃圾就愈多，堆得高高的。他們半條腿陷在泥濘裏，要蹚着泥水走路，不時還要用腳踢走垃圾，或用手開路，才可以前進。看來垃圾和油污是從巷子那兒飄進來的，一想到這個，他倆就厭煩不已。

「唉，真不明白為什麼李科濟竟引我們到這路上來!?」高飛滿腔抱怨，剛才那種歡欣期待的心情，全泡了湯。他甚至有一點懊悔，覺得自己不該相信智慧老人的話，跑到這裏來，沾得一身糞臭。

好不容易來到一個出口，他們探頭張望，只見前頭是一條隧道，污水沿着隧道從左方流向右方。在前面不遠的左方，是城堡入口，那裏還有許多單眼小子正列隊進城呢！

高飛這才明白他們抄了捷徑，一下子已來到城堡隧道的中央。

又是水道！淑翩頓感一陣噁心，嘔吐大作。河水很骯髒，黏黏膩膩的，漂滿了垃圾，有些垃圾還給沖到岸上去。河裏泡着的單眼小子也滿身污垢，但他們好像沒半點抱怨，只顧把污水和垃圾往岸上撥去，努力清理淤積在河裏的廢物。高飛無心理會，一味輕輕拍着淑翩的背——她正吐得厲害呢！

「都是我不好，帶你到這鬼地方來！淑翩，你怎麼了，好一點嗎？」高飛有一點擔心。

淑翩吐得很厲害，淚濺涕流，眼睛紅紅的，不知道是不是哭了。吐完了，她輕聲說：「好多了。」臉皮卻繃得緊緊的。

5 醜陋的清道夫

「劈啪！」高飛感到背後一陣冰涼，接着後半身濕透。有一個單眼小子不小心把污水濺潑到他身上，叫高飛更添惱火。

「對不起！對不起！我不是故意的。」單眼小子趕緊賠不是。

高飛一臉不悅，轉過頭來正要跟單眼小子理論，未及開腔，單眼小子已嚷着嚷着：「你是麥高飛嗎？麥高飛！歡迎你到來！」他熱烈地從河道伸出手來，要跟他握手。

一直以來，高飛都渴望有人跟他握手，表示歡迎、接納；但當下……高飛心情複雜得很。他恨透這地方，甚至不想多逗留一刻，當然更不希望跟這裏的人或事有任何轇轕。他討厭跟這裏的人打交道，也不願意在惡臭的環境下跟人談話。他只想快快竄逃，離開這鬼地方。

高飛後退了一步，把手收在背後，一臉猶豫，高聲說了兩句謊話：「我不明白你的意思。我不是麥高飛！」

單眼小子有一點失望，把手收回去：「對不起，錯認人了。對不起，把你弄濕。」說罷就走了。

高飛攙扶着虛弱的淑翩，走向隧道盡頭。那裏該是這鬼地方的出口吧！

隧道濕冷陰森，簡直是個溝渠！河的兩岸都有工作人員站崗，高矮不同。高飛想：他們該是渠道的清道夫；但仔細一看，卻把他嚇壞了。

這些清道夫的體形比自己大兩三倍，兇神惡煞的，八字眉毛，樣子邋遢。有的拿着掃帚，把垃圾掃到一旁，沒有清理掉，反倒坐下來，一股腦兒把垃圾抱進懷裏，再使勁一捏，都吸進體內去。接下來，又同樣吸掉另一堆垃圾。遇上小污垢，便用身體把它們黏貼起來，藏在體內。他們經過的地方，馬上變得一乾二淨。

不過，清道夫吸納了垃圾，身子就愈見骯髒醜陋，滿身瘡疤、黑點。他們忙個不了，卻是任勞任怨，不吭一聲。

另外有些清道夫，坐在岸邊，凝視着河道，一看見不速之客，便像青蛙一樣，伸出舌頭，把異物吸掉。他們先端詳異物，如果發覺是自己夥伴，便小心翼翼地把他放回水中；不然，就會兇惡地對付。那些壞蛋流着冷汗，慌忙擠個笑容求饒：「我們是朋友，我不會害你……」清道夫會毫不考慮，把壞蛋往自己體內一塞，消化淨盡。這時，他們身上又多了一道疤痕，變得「滿身瘡痍」。清道夫抓得壞蛋愈多，自己的傷痕就更是纍纍。

高飛低下頭來，不敢到處張望。不知怎的，他總覺得四周有許多許多雙眼睛瞄着他。有些清道夫禮貌地微笑點頭，跟他打招呼。高飛每看見這些善意的臉孔，也只想儘快離開，好像世上沒有一個地方比這裏更可怕的了。

「麥高飛！」突然從牆角跳出來一個身材魁梧的清道夫，他在路中央張開胳臂，如老鷹展翅，雀躍之情溢於言表：「歡迎你啊！我們等你到來，等了好久啊！進來坐坐好嗎？」

高飛怔住了，不假思索地大嚷：「我不是麥什麼高飛！對不起，你錯認人了！」然後一個箭步竄了過去，頭也不回。

高飛掩着臉一味向前奔。這裏好駭人啊！又陰森，又骯髒，人人都是醜八怪！他不喜歡這裏，怎麼偏偏卻有那麼多人要留他？高飛加快腳步，想馬上離開這裏。一刻也不能多留，他對自己說。這個隧道，叫他失望、討厭極了。

6 好伴失蹤了

那些清道夫容貌難看，兇得駭人，身體黏巴巴的，其實和高飛有許多地方很相似。然而，高飛卻討厭這裏，或許他潛意識不喜歡自己，所以遇上清道夫時，馬上把人家拒諸門外。

高飛不知道跑了多久，直跑到隧道的盡頭。那裏有一扇門，寫着「出口」。高飛暗忖：只要把門推開，就可以逃出生天了。正想推門之際，才猛然醒覺淑翩不知道在什麼時候不在身邊了。

噢！淑翩呢？她往哪裏去了？她走失了，可她還在嘔吐啊！怎麼會把她撇下了？怎辦呢？為什麼自己這樣粗心？高飛四處張望，不斷自責。

這次旅程，淑翩一路上伴着他，現在兩人卻在這鬼地方失散了。自己只顧奔逃，沒有好好照顧她，怎麼搞的？高飛的自怨更重了。

他在陰暗處高聲叫喊了好幾回：「淑翩！淑

翩！」可惜，除了幾下回音，還有清道夫、單眼小子驚愕的目光外，根本沒有別的回應。

高飛心裏着急極了，竟哭起來。過去他倆經歷多次危難，不論在黑夜，或是決堤，他也拚了性命去營救淑翩；現在大禍臨頭，又是另一次考驗，這趟他卻……「我不能沒有淑翩呀！」高飛心裏呼喊。他一個人怎樣走下去呢？

高飛鼓起勇氣，決定回頭找淑翩去。他走了好久，叫喚一遍又一遍——「淑翩——淑翩——」，聲音也沙啞了。來到城堡的入口，仍找不着淑翩的蹤跡。

高飛又往出口方向走一趟，心更焦急了。他連地上的垃圾也翻過一遍，真害怕淑翩暈倒後給埋在垃圾堆裏！快到出口時，高飛幾乎崩潰了。他掩着臉，嚎啕大哭起來：「淑翩，你在哪裏？對不起……請你出來啊！淑翩……沒有你，我怎麼辦呢？」高飛坐在河邊，雙腿伸進水裏，彎着身子，把頭栽在膝蓋間。淚

淑翩！對不起…
請你出來啊！
淑翩！…

水一滴滴掉在河裏，化成一陣漣漪，給河水匆匆沖走了。

河水清澈，映照着高飛的臉孔。高飛許久沒有看過自己的形貌了。如果他心情平靜，這一照，本來可以讓他意識到兩件事：第一，他的容貌跟清道夫十分相像；第二，混濁的河水，來到出口時，竟澄明清澈，平滑如鏡。

可惜這刻高飛沒有心情容下別的，什麼都視而不見。驀然，有一把聲音自遠而近，河裏有一個單眼小子探出頭來：「高飛！高飛！請問你是麥高飛嗎？」

「不……」高飛馬上把淚水揩乾，矢口否認。

單眼小子來到高飛身旁，高聲問道：「那麼，請問你可看見一個身形跟你差不多的人走過？」

高飛顧視左右，聳聳肩。

「如果你碰見他，請告訴他，有一個女孩子要找他。謝謝！」單眼小子邊走邊說。一路上，又叫嚷着「高飛——高飛——」，往出口遠去。

有人要找他？還是個女的？那可會是……高飛回想到這裏，馬上追趕前去，攔住單眼小子，尷尬地解釋：「其實……我……我就是麥高飛，請問誰在找我呢？」

單眼小子起初有一點愕然，但隨即舒了一口氣，道：「真好！終於把你找着！」

單眼小子拉着高飛的手，說：「快走，有個叫淑翮的三眼細胞等着你呢！」

是淑翮！高飛好不高興，急問：「她可好？」

「剛才她昏了過去，我們把她送到醫療室。她只是有點缺水，現在沒有大礙了。」單眼小子催促着，「來，我帶你去見她。」

高飛跟着單眼小子，跑得好快，遠看像是他領着單眼小子走，單眼小子在後面跑得氣喘吁吁呢！

7 上天寶貝

到了醫療室，只見淑翩坐在牀邊，正和那魁梧的清道夫聊天。她雖然有點累，眼睛卻閃着神采！

「高飛！」淑翩一看見高飛進來，臉上露出笑靨。

「淑翩，對不起，你怎麼了？」高飛既焦急又歉疚。

「我好多了。幸好鄧智寶救了我。」淑翩指一下身旁的清道夫，說：「要是沒有他，我可給垃圾活埋了。」接着噗哧一笑。

「其實，是我的容貌嚇昏了淑翩吧！哈哈！」鄧智寶看來爽朗友善。

「都是我不好，不該撇下你！」高飛還在自責。

「別再說。我現在沒事啦！正和你的族類談得暢快呢！」淑翩捺不住心中的興奮，連嗓門也不期然調高了：「高飛，我終於知道你的用處了！我好高興！

鄧智寶原來是你的師兄。你跟他們一樣，不但有一顆善良的心，而且還是壞蛋的煞星啊！跟我一樣，防止外敵入侵！」

高飛盯着魁梧的清道夫，兩人對視。鄧智寶向他微笑，又威風凜凜地點點頭。喔，他的模樣、他黏巴巴的身軀……高飛心裏頓然澄明起來：這清道夫外表雖然骯髒，卻散發着風采，好吸引人！

「鄧智寶師兄，謝謝你！對不起……」高飛忍不住哭了，直奔他的懷裏。

「不要緊，不要緊！」鄧智寶撫着高飛的頭，說：「只要你回來，我們就高興了。你可知道，我在這裏等你好久了！你的許多師兄都在這裏，都擔心你會迷路呢！傻孩子，啊……哭得那麼厲害。」

高飛的淚水淌得地板都濕透了。

「高飛，我的好孩子。」鄧智寶蹲下來，慈愛地望着高飛，輕撫他的臉：「我們這裏很骯髒，嚇壞了你吧？」他遞上一杯熱茶，着高飛坐下：「這堡壘是

人體的淋巴腺，遍佈身體各處，肩負起抵禦細菌、外敵的工作，是體內的垃圾收集站。因此，這兒的環境惡劣；也正是這原因，更需要清道夫。」

鄧智寶好疼愛這個師弟，不住鼓勵他，說：「我知道，我們生下來樣子醜陋，這模樣叫你受了許多委屈。但我們都是上天的寶貝，是人體最棒的武器！我們要把天賦好好發揮啊。知道嗎？要是沒有我們，人就活不成了。」

啊，原來鄧智寶和麥高飛都屬於巨噬細胞，專吞食渣滓殘物。經過鄧智寶的解說，麥高飛認識了自己的用處、特性和功能，以及各族類在人體分佈的位置等。淑翩見他倆談得投契，心裏十分安慰。這刻，一陣莫名的溫暖，同時湧現高飛、淑翩的心頭。

8 無盡的旅程

高飛和淑翩酣睡一覺，醒來，準備到隧道出口跟鄧智寶道別，再踏上旅程。

這回他倆看見滿地垃圾，不再感到厭惡；看着一個一個清道夫在專注打掃，心裏更生起一份尊敬，深深覺得這個地方挺有意思！看，污濁的支流緩緩匯聚成一大水道，水裏的垢物、壞蛋都已一掃而清，河水變得清澈見底！聽，在暢泳的單眼小子，正哼着歌兒呢！

「高飛，淑翩，外面的世界可大呢！」鄧智寶打開出口的門，前

面是一大片青蔥的草原，一望無際，兩旁有河水奔流。

城堡出口站着三個人，正中的一個魁梧高大。他右手搭在一個小孩的頭上，左手輕按另一個小女孩的肩膀。

「啊，前面有好多荊棘呢！」高飛細看草原的近處，不禁驚叫。

「高飛，別怕！前路不錯長滿荊棘，但只要你多給自己一點信心，相信上天給你的本領，你可以走過去的。」鄧智寶殷勤叮嚀。

對，雖然前面的路不好走，不知道有多彎曲，甚至荊棘會刺傷他、絆倒他；但高飛知道，只要他堅持自己的夢想，一定會找到他要走的路！何況他身邊還有淑翩呢！

極目一望，前面有山，有水，寬廣無垠！更遠的地方，還有不知名的城邑，等着他倆一同去經歷、冒險，好好接受生命的鍛煉。

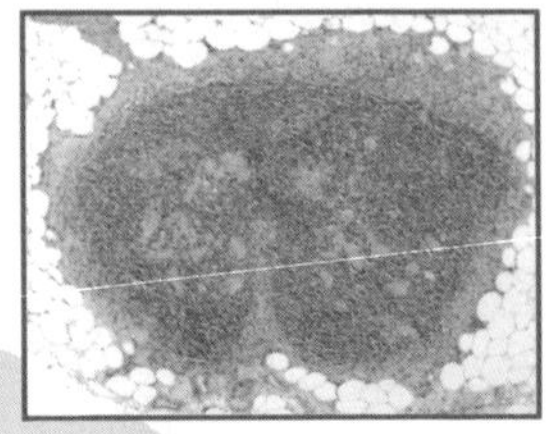

淋巴腺

淋巴腺免疫站

　　淋巴腺（Lymph node；即文中的「堡壘」、「驛站」）分佈身體各處，包括頸項、腋窩、股溝、胸腹等，是人體抵禦細菌和腫瘤的重要器官，一般是觸摸不到的。

　　淋巴腺仿如一個驛站，把體內的細菌、渣滓、腫瘤等過濾，交由**巨噬細胞**（Macrophage；即文中的「麥高飛」、「清道夫」）負責吞滅。據估計，人體有百分之九十九以上的「不速之客」，都難逃淋巴腺的監察。

易染體的巨噬細胞（Tingible body macrophage；即文中的「鄧智寶」）就是吞食渣滓物質的巨噬細胞。淋巴腺一察覺有外物入侵(如病毒、細菌或腫瘤等)，這類巨噬細胞便會增多，衍生一連串的反應，令淋巴腺腫脹。所以，人生病或受到感染，身體便會出現腫塊，這就是脹大的淋巴腺，可作為一個警號呢！

麥高飛的人體歷險旅程

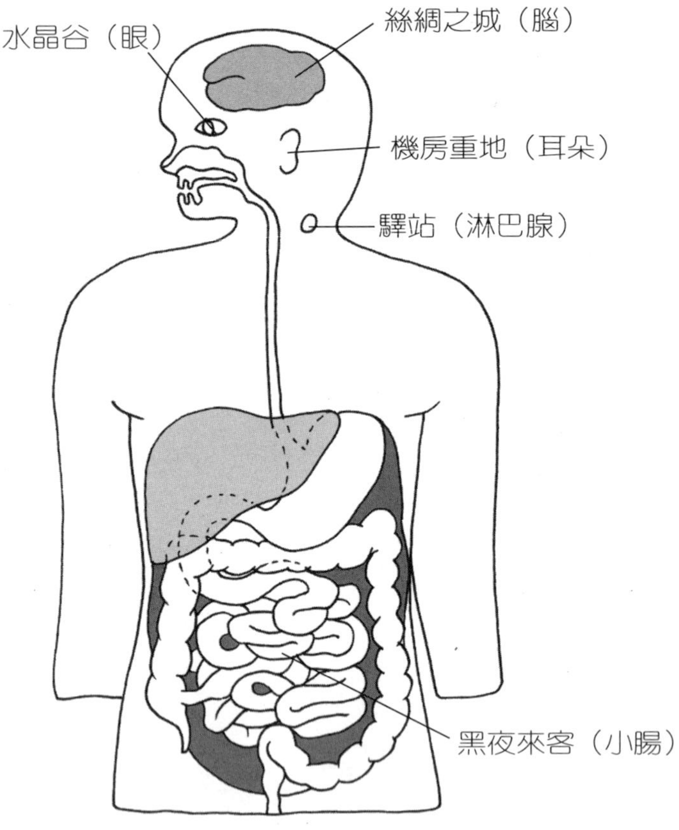

絲綢之城（腦）

水晶谷（眼）

機房重地（耳朵）

驛站（淋巴腺）

黑夜來客（小腸）

初版後記：活脫的「創意小不點」

你好！讓我告訴你一個消息。噓，快把耳朵湊近來。我只告訴你一個，其他人沒份兒啊！

聽着：嘉薰醫生沒寫探案故事了！

奇怪吧？「這對他來說是個冒險啊！」你說。

是的，這意味着他要脫離既有的寫作模式，甚至可能要放棄從前的讀者羣，嘗試接觸另一個未知的國度，可不明智呢！

都是我闖的禍。

啊，對不起，忘了自我介紹。我是嘉薰醫生的「創意小不點」，從前一直藏在他心裏。其實我的兄弟姊妹都埋在每個人的心中，看不見、觸不到，但只要你敞開心窗，細心觀察這世界，我們便會跑到你跟前，讓你感受得來，也讓你經歷一段美妙的旅程。

大家都知道嘉薰醫生是一位病理科醫生。病理科醫生每天除了解剖死人外，就是透過顯微鏡，分析死

板的細胞，從各細胞的形態和相貌，去決定這些細胞孰善孰惡。人體內大約有二百種細胞，他要為正邪定界。唉，說起來，真是一門挺悶蛋的工作！

我躲在他心裏太久，侷促得很，受不了，決定要找機會跑出去。

但可憐的嘉薰醫生，每天不是工作，就是想着一大堆細胞和屍體之類的東西。他呀，心窗封閉，叫我怎麼溜出去呢？

直到有一天——真要謝謝一顆醜陋的細胞，它在切片中老不安分，猛然彈跳開來，朝着顯微鏡下緊盯着自己的一雙瞳孔，揮了一拳，擺擺手嚷道：「來吧！讓我們一起往人體歷險吧！」一言驚醒了這個長期專注顯微鏡前，坐得腰也彎，屁股也壓扁了的嘉薰醫生。

這一嚇真是非同小可，嘉薰醫生的心跳呀跳，就這樣開竅了。我不馬上趁這機會衝出來，往人體裏跑，便枉我為「創意小不點」了！

嘉薰醫生沒把我抓回來，倒任我到處闖、到處竄。他跟在後面，一管筆桿在紙上疾書。真虧他釋放了我，還不忘把這趟歷險記下來！

嘉薰醫生一直追趕在我的後面，享受無窮的創作樂趣；卻苦了嘉薰太太。為什麼？哈哈！嘉薰醫生只管寫，不管把文稿打字啊！可憐的嘉薰太太，要一字不漏輸進電腦，雙手累得發酸。看來嘉薰醫生要好好學習這門技藝了。

也悄悄告訴你，嘉薰醫生真斗膽，好幾次和太太同遊，竟也把我放到外面來，弄得他自己神不守舍。在太太身邊，人在心不在，你知道這罪名有多大？嘉薰太太當然有微言了，活該，哈哈！又有一次，他參加一個冗長的會議，會上嘉薰醫生讓我走丟了，魂遊了大半天。幸好老闆只顧自說自話，沒有留意。啊，這樁事，說來可真丟臉，你萬萬不能告訴他老闆。這般經濟環境，不是鬧着玩的……

我最高興的是，過去有些日子，嘉薰醫生特意告

假，放下手上的工作，遠離煩囂，一個人到海邊去，解放我，讓我天空海闊，四處翱翔，多寫意啊！

麥高飛這個醜陋細胞的故事已經寫好，嘉薰醫生要稍作休息，暫時擱筆，我只好安分地守在他心中。唉！不知道什麼時候才可以重現江湖呢？

(編者按：《血細胞麥高飛》的成長探險之旅，當然停不了。在《細胞情人歷險記》，血細胞情人高飛、淑翩從毒氣加工場死裏逃生；乘坐精子戰機，窺得人類繁衍的祕密；最後，更誓死捍衛人體，經歷可歌可泣的兒女生死情……「創意小不點」怎樣？他可神氣啊！因為這續集贏得了香港教育城2003「我最喜愛心理／勵志作品」的獎項！恭喜！恭喜！)

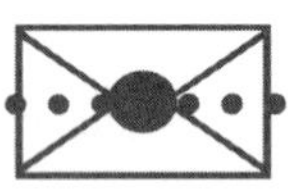

嘉薰醫生電郵，歡迎聯絡。

電郵地址：drgavinfile@yahoo.com